Tucholsky   Wagner   Zola   Scott   Schlegel
        Turgenev   Wallace   Fonatne Sydow   Freud

    Twain   Walther von der Vogelweide   Fouqué   Friedrich II. von Preußen
              Weber   Freiligrath
Fechner   Weiße Rose   von Fallersleben   Kant   Ernst   Frey
         Fichte   Richthofen   Frommel
                                                    Hölderlin
        Fehrs   Engels   Fielding   Eichendorff   Tacitus   Dumas
                 Faber   Flaubert
                                            Eliasberg   Ebner Eschenbach
   Feuerbach Maximilian I. von Habsburg   Fock   Zweig
                        Ewald   Eliot   Vergil
        Goethe   London
Mendelssohn Balzac   Shakespeare   Dostojewski   Ganghofer
                   Lichtenberg   Rathenau   Doyle   Gjellerup
    Trackl   Stevenson   Tolstoi   Hambruch
Mommsen   Lenz   Hanrieder   Droste-Hülshoff
       Thoma   von Arnim   Hanrieder
Dach   Verne   Hägele   Hauff   Humboldt
         Reuter   Rousseau   Hagen   Hauptmann
   Karrillon   Garschin   Gautier
                     Defoe   Baudelaire
     Damaschke   Descartes   Hebbel
Wolfram von Eschenbach   Schopenhauer   Hegel   Kussmaul   Herder
         Darwin   Dickens   Rilke   George
   Bronner   Melville   Grimm Jerome
       Campe   Horváth   Aristoteles   Bebel   Proust
Bismarck   Vigny   Barlach   Voltaire   Federer   Herodot
              Gengenbach   Heine
   Storm   Casanova   Tersteegen   Gilm Grillparzer Georgy
         Chamberlain   Lessing   Langbein   Gryphius
Brentano   Lafontaine
   Strachwitz   Claudius   Schiller   Kralik Iffland Sokrates
         Katharina II. von Rußland   Bellamy Schilling
                          Gerstäcker   Raabe   Gibbon   Tschechow
Löns   Hesse   Hoffmann   Gogol   Wilde   Vulpius
   Luther Heym   Hofmannsthal   Klee Hölty Morgenstern   Gleim
       Roth   Heyse   Klopstock   Kleist   Goedicke
Luxemburg   Puschkin   Homer   Mörike
         La Roche   Horaz   Musil
   Machiavelli
Navarra Aurel   Musset   Kierkegaard   Kraft   Kraus   Moltke
   Nestroy Marie de France   Lamprecht Kind Kirchhoff Hugo
    Nietzsche   Nansen   Laotse   Ipsen   Liebknecht
              Marx   Ringelnatz
   von Ossietzky   Lassalle Gorki   Klett   Leibniz
         May   vom Stein Lawrence   Irving
Petalozzi
   Platon   Pückler Michelangelo   Knigge   Kafka
   Sachs   Poe   Liebermann Kock
      de Sade Praetorius   Mistral   Zetkin   Korolenko

Der Verlag tredition aus Hamburg veröffentlicht in der Reihe TREDITION CLASSICS Werke aus mehr als zwei Jahrtausenden. Diese waren zu einem Großteil vergriffen oder nur noch antiquarisch erhältlich.

Symbolfigur für TREDITION CLASSICS ist Johannes Gutenberg (1400 — 1468), der Erfinder des Buchdrucks mit Metalllettern und der Druckerpresse.

Mit der Buchreihe TREDITION CLASSICS verfolgt tredition das Ziel, tausende Klassiker der Weltliteratur verschiedener Sprachen wieder als gedruckte Bücher aufzulegen – und das weltweit!

Die Buchreihe dient zur Bewahrung der Literatur und Förderung der Kultur. Sie trägt so dazu bei, dass viele tausend Werke nicht in Vergessenheit geraten.

Der Roman eines Konträrsexuellen

Emile Zola

Impressum

Autor: Emile Zola
Umschlagkonzept: toepferschumann, Berlin

Verlag: tradition GmbH, Hamburg
ISBN: 978-3-8424-1279-8
Printed in Germany

Vorwort

Emile Zola an Dr. Laupts in Lyon

Mein lieber Doktor!

Ich sehe nichts Verwerfliches darin, daß Sie den »Roman eines Homosexuellen« veröffentlichen; im Gegenteil, ich bin sehr glücklich darüber, daß Sie in Ihrer Eigenschaft als Gelehrter das tun können, was ein einfacher Schriftsteller wie ich nicht gewagt hat.

Als ich vor Jahren dieses so merkwürdige Dokument erhielt, hat das große Interesse, das es in physiologischer und sozialer Hinsicht darbot, einen tiefen Eindruck auf mich gemacht. Seine absolute Aufrichtigkeit rührte mich; man fühlt in ihm die Glut, fast möchte ich sagen die Beredsamkeit der Wahrheit. Man bedenke nur: der junge Mann, der da seine Beichte ablegt, schreibt eine Sprache, die nicht die seine ist: und erhebt er sich nicht trotzdem an bestimmten Stellen zu dem bewegten Stil tief empfundener und voll wiedergegebener Gefühle? Hier liegt ein vollständiges und zwar ein naives, spontanes Bekenntnis vor, wie es sehr wenige Männer abzulegen gewagt haben, und gerade diese Eigenschaften verleihen ihm von mehreren Gesichtspunkten aus einen ganz besonderen Wert. Daher hatte ich auch anfänglich, von dem Gedanken getragen, daß eine Veröffentlichung nützlich sein würde, den Wunsch, von dem Manuskript Gebrauch zu machen. Ich habe aber vergebens nach einer passenden Form der Veröffentlichung gesucht, und dies hat mich schließlich dazu bestimmt, den Plan fallen zu lassen.

Ich hatte damals die schwersten Stunden meines literarischen Kampfes durchzumachen; die Kritik sprang täglich mit mir wie mit einem Verbrecher um, der zu allen Lastern und zu allen Ausschweifungen fähig wäre. Und sehen Sie mich in jenen Zeiten als den verantwortlichen Herausgeber jenes »Romans eines Homosexuellen«? Zuerst hätte man mich beschuldigt, die Geschichte in allen Stücken frei erfunden zu haben, aus persönlicher Verderbtheit. Sodann wäre ich gehörig verurteilt worden, weil ich in der Sache nur eine niedrige Spekulation auf die widerlichsten Instinkte gesehen hätte. Und was für ein Geheul, wenn ich mir zu sagen erlaubt, daß kein Gegenstand wichtiger und trauriger ist, daß es sich hier um eine Wunde handelt, die viel häufiger vorkommt und viel tiefer geht, als man zu glauben vorgibt, und daß das beste Mittel, um Wunden zu heilen, darin besteht, sie zu studieren, sie aufzuzeigen und zu behandeln!

Aber der Zufall hat es so gewollt, mein lieber Doktor, daß, als wir eines Abends zusammen plauderten, wir auf jenes menschliche soziale Übel der sexuellen Perversionen zu reden kamen. Und ich vertraute Ihnen das Dokument an, das in einer meiner Schubladen schlummerte, und so kam es, daß es endlich das Tageslicht hat erblicken dürfen; und zwar in den Händen eines Arztes, eines Gelehrten, den man nicht beschuldigen wird, dem Skandal nachzugehen. Ich hoffe sehr, daß Sie damit einen entscheidenden Beitrag zu der schlechtgekannten und besonders ernsten Frage der invertiert Geborenen liefern werden.

In einem anderen vertraulichen Briefe, den ich um dieselbe Zeit erhielt und den ich unglücklicherweise nicht wiedergefunden habe, hatte mir ein Unglücklicher den herzzerreißendsten Schrei menschlicher Qual gesandt, den ich jemals vernommen. Er wehrte sich dagegen, so schändlichen Liebesgelüsten nachzugeben, und er verlangte zu wissen, woher diese Verachtung aller stamme, woher diese stete Bereitwilligkeit der Gerichtshöfe, ihn niederzuschmettern, wo er doch in seinem Fleisch und Blut den Ekel vor dem Weibe, die wahre Liebe zum Manne mit zur Welt gebracht habe. Niemals hat ein vom Dämon Besessener, niemals hat ein dem unbekannten Verhängnis des Geschlechtstriebes preisgegebener armer Menschenleib so gräßlich sein Elend hinausgeheult. Dieser Brief, ich erinnere mich, hatte mich unendlich erschüttert; und ist nicht der Fall in dem «Roman eines Homosexuellen« ein und derselbe, nur mit einer glücklicheren Unbewußtheit? Hat man nicht hier einen wirklichen physiologischen Fall leibhaftig vor Augen, ein Herumtasten, einen halben Irrtum der Natur? Nichts ist tragischer, meiner Meinung nach, und nichts verlangt mehr nach der Enquête und dem Heilmittel, falls es ein solches gibt.

Denkt man an solche Dinge bei dem dunklen Geheimnis der Empfängnis? Ein Kind wird geboren: warum ein Junge, warum ein Mädchen? Man weiß es nicht. Aber was für eine Verwicklung voll Dunkel und Elend ist es, wenn die Natur in einem Augenblick der Unentschiedenheit den Jungen als halbes Mädchen, das Mädchen als halben Jungen geboren sein läßt! Und das sind alltägliche Tatsachen. Die Unsicherheit kann einfach mit dem physischen Gesamt-Habitus beginnen, den großen Linien des Charakters: der weibische, zarte, feige Mann; das maskuline, gewalttätige, jede Weichheit entbehrende Weib. Und sie geht bis zu der erwiesenen Monstrosität, dem Hermaphroditismus der Organe, bis zu den widernatürlichen Gefühlen und Liebesempfindungen. Gewiß, die Moral und die Justiz haben Recht einzuschreiten, da sie die Hüter der öffentlichen Ordnung sind. Aber mit welchem Rechte, wenn doch der Wille teilweise aufgehoben ist? Man verurteilt nicht einen von Geburt an Buckligen, weil er bucklig ist. Warum einen Mann verachten, der als Weib handelt, wenn er als halbes Weib geboren wurde?

Selbstverständlich, mein lieber Doktor, liegt es nicht in meiner Absicht, das Problem auch nur aufzustellen. Ich begnüge mich damit, die Gründe dafür anzugeben, die mir die Veröffentlichung des »Romans eines Homosexuellen« wünschenswert gemacht haben. Vielleicht wird dies ein wenig Mitleid für gewisse Bejammernswerte einflößen und ein wenig Billigkeit. Und ferner, alles was das Sexuelle betrifft, betrifft das soziale Leben selbst. Ein Invertierter ist ein Zerstörer der Familie, der Nation, der Menschheit. Mann und Weib sind sicherlich nur deswegen hienieden, um Kinder zu zeugen, und sie töten das Leben an dem Tage, wo sie nicht mehr das tun, was notwendig ist, um solche zu zeugen.

In herzlicher Freundschaft

Medan, 25. Juni 1895

Emile Zola

7

[Erstes Dokument]

Herrn Emile Zola, Paris

Ihnen, verehrter Herr, der Sie der größte Romanschriftsteller unserer Zeit sind, der Sie mit dem Auge des Gelehrten und des Künstlers alle Verkehrtheiten, alle Schändlichkeiten, alle Krankheiten, die die Menschheit betrüben, so machtvoll ergreifen und schildern, Ihnen sende ich diese menschlichen Dokumente, die von den Gelehrten unserer Zeit so gesucht sind.

Diese Beichte, die kein Beichtvater je aus meinem Munde erfahren hat, wird Ihnen eine schreckliche Krankheit der Seele enthüllen, einen seltenen – wenn nicht unglückseligerweise einzig dastehenden Fall –, der wohl von psychologischen Gelehrten studiert worden ist, den aber noch kein Romanschriftsteller in einem literarischen Werk in Szene zu setzen gewagt hat. Balzac hat »La Belle aux yeux d'or« (»Die Schöne mit den Goldaugen«) geschrieben, doch er hat das schreckliche Laster, das das Pendant zu dieser Geschichte bildet, nur gestreift: Sarrasine liebt Zambinella wirklich, doch er hält ihn für ein Weib und hört auf, ihn zu lieben, nachdem er die Wahrheit entdeckt hat. Es ist also nicht der schreckliche Fall, von dem ich Ihnen heute erzählen will.

Sie selbst, verehrter Herr, haben in Ihrem wunderbaren Buch »La Curée« (»Die Beute«) in der Person des Baptiste eines der schrecklichsten Laster, die die Menschheit entehren, nur gestreift. Jener Mensch ist ehrlos, denn die Ausschweifung, der er sich ergibt, hat nichts zu tun mit Liebe und ist etwas absolut Materielles, eine Frage der organischen Bildung, die die Ärzte mehr als einmal beobachtet und beschrieben haben. Das alles ist sehr gewöhnlich und sehr widerwärtig und hat nichts mit der Beichte zu schaffen, die ich Ihnen schicke und die Ihnen vielleicht in irgendeiner Weise nützlich sein kann.

I. Vorfahren – Frühe Kindheit

Ich bin kein Franzose, wenn ich auch die bedeutendsten Städte Frankreichs kenne und sogar einige Zeit in Paris gelebt habe. Ich schreibe Ihnen wahrscheinlich sehr inkorrekt; es ist schon lange her, daß ich diese Sprache gesprochen oder in ihr geschrieben habe. Bitte entschuldigen Sie daher die Ungenauigkeiten und Fehler, von denen diese Seiten wimmeln werden.

Ich weiß nicht, ob Sie Italienisch können; hätte ich Ihnen in dieser Sprache schreiben können, würde ich mich gewiß besser ausgedrückt haben. Ich kümmere mich hier gar nicht um den Stil, sondern will Ihnen nur einfach sagen, was Sie interessieren mag. In diesen schlechtgeschriebenen Zeilen werden Sie mit Ihrem Adlerblick und Ihrem Künstlerherzen die Wunde einer Seele entdecken, die ein schreckliches Verhängnis zu verfolgen scheint, die sich vor sich selbst schämt und die gewiß erst Frieden und Glück finden wird, wenn sie in dieser Erde schlummert, die Sie so wunderbar geschildert haben.

Ich bin 23 Jahre alt, mein Herr, meine Familie ist eine hochgestellte, und ich befinde mich in ziemlich unabhängiger Vermögenslage. Von dieser Seite aus bleibt mir nichts zu wünschen übrig. Mein Vater ist katholisch; er nennt sich einen Deisten, doch seine Religion ist eher eine Art von Pantheismus, was er jedoch nicht zugeben will. Meine Mutter ist eine getaufte Jüdin und ihrer Religion getreu, obwohl sie nur die hauptsächlichen Übungen befolgt. Ich bin der vierte Sohn, der dieser Ehe entsprossen ist. Mein Vater ist einer der schönsten alten Männer, die man sich denken kann. Ein Patriarchenkopf, der selbst auf der Straße die Aufmerksamkeit auf sich zieht. Er ist in seiner Jugend wunderbar schön gewesen und ist es noch jetzt in ziemlich vorgerücktem Alter.

Unsere Familie stammt aus Spanien, hat sich aber schon vor Jahrhunderten in Italien niedergelassen. Mein Vater hat sich mit 19 Jahren verheiratet, meine Mutter war 18 und viel reicher als er. Sie haben sich sehr geliebt und lieben sich noch. Mein Vater besitzt ein sehr empfängliches und nervöses Temperament und ist Künstler durch und durch. Er hat ein ziemlich abenteuerliches Leben geführt mit beachtlichen Höhen und Tiefen, doch selbst in den Augenblicken, wo das Glück ihn zu verlassen schien, hat er sich nicht entmutigen lassen und stets wieder ein Vermögen zu erwerben gewußt. Er hat immer viel verdient und viel ausgegeben. Vor mehreren Jahren hat er ein großes Vermögen an der Börse gemacht und wieder verloren. Ohne reich zu sein, lebt er jetzt noch behaglich und kann sich mit Luxus umgeben, den er stets geliebt hat. Er hat mehrere Hauptstädte Europas besucht, und seine Familie ist ihm fast immer gefolgt. Er liebt die Gesellschaft nur wenig und hat außer seinen geschäftlichen Beziehungen nur wenig Kontakt. Er liebt die Künste leidenschaftlich und umgibt sich gern mit schönen Dingen, hübschen Statuetten und schönen Gemälden. Selbst in den Zeiten, in denen das Glück ihm nicht hold war, ließ er es sich am Notwendigsten fehlen, um ein schönes Buch oder einen hübschen Stich zu kaufen, worin er einen scharfen Gegensatz zu meiner Mutter bildete, die wohl aus Rasseninstinkt sparsamer war. Er liebt seine Familie leidenschaftlich und würde gern alle möglichen Opfer bringen, um uns glücklich und zufrieden zu sehen; doch er hat auch Tage, an denen er schlechter Laune ist, und dann wehe dem, der ihm zu nahe kommt. Er faßt stets weitgehende Entschlüsse, ohne lange nachzudenken, und hat sich dadurch manche Unannehmlichkeit zugezogen. Er hat viel gesehen, ist viel gereist, hat viel verdient und viel ausgegeben. Er liebt mit Leidenschaft die Lektüre, und seit wir einen festen Wohnsitz haben, hat er sich eine schöne Bibliothek geschaffen. Seine Intelligenz ist sehr entwickelt, seine Stirn prächtig, seine Figur mittel, doch er erscheint trotzdem sehr groß. Herr Desbarolles, den er vor einer Reihe von Jahren in Paris konsultiert hat, hat ihm gesagt, daß er unter dem Einfluß von Jupiter und Venus geboren sei und daß er von neuem sein Glück machen werde – und das ist wahr geworden.

Er betreibt mit ziemlich großem Erfolg Musik und spielt recht gut Klavier. Die Interpretation der Melodie gelingt ihm gut, doch mit der Harmonie hat er seine Schwierigkeiten. In früherer Zeit beschäftigte er sich auch mit Öl- und Aquarellmalerei, doch das tut er heute nicht mehr, denn er meint, sobald er Bleistift und Pinsel anrührt, gingen seine Geschäfte schlecht. Er ist sehr stolz auf seine Schönheit und pflegt seinen langen Bart und seine schönen, silberweißen Haare sehr sorgfältig. Er bewahrt eine zärtliche Erinnerung an seinen Vater, der nach der Behauptung aller, die ihn gekannt haben, einer der schönsten Männer seiner Zeit war und von allen, die ihm nahe gekommen sind, geliebt und geachtet wurde. Er ist ziemlich jung an einem Herzleiden gestorben.

Meine Mutter war in ihrer Jugend sehr hübsch, obwohl sie aus einer sehr häßlichen und gewöhnlichen Familie stammt. Sie hat immer wenig Geist gehabt, und ich mache es meinem Vater zum Vorwurf, daß er sich mit einer so häßlichen und so wenig vornehmen Familie verbunden hat. Er sagte mir, er wäre damals sehr jung gewesen und hätte von der Bedeutung, die man der Ehe beilegen müsse, nicht viel verstanden.

Wenn ich meine Mutter betrachte, die mit 55 Jahren noch eine hübsche Figur besitzt, obwohl ihr Gesicht aufgedunsen ist, so denke ich immer an die Angele in Ihrem Roman »La Curée«. Da ist dieselbe Sanftmut, derselbe Mangel an Energie, eine erstaunliche Schwäche des Charakters; sie kann keine kleine sentimentale Anekdote lesen, ohne zu weinen; sie hat kein gutes Gedächtnis, und ihre einzige Entschuldigung ist ihre große Güte. Dennoch ist sie in gewissen Dingen herrisch und willkürlich, und niemand kann ihr etwas ausreden, das sie sich in den Kopf gesetzt hat. Ich denke immer, daß das einer der Vorzüge oder Fehler der Rasse ist, von der sie abstammt und für die ich keine Sympathie, ja sogar einen geheimen Widerwillen empfinde. Dennoch liebe ich meine Mutter, doch in meiner Phantasie hätte ich sie mir anders gewünscht – ein Gefühl, das ich sehr bedaure und mir stets zum Vorwurf mache.

Ich bin zehn Jahre nach meinem letzten Bruder geboren, und zwar, als der älteste Sohn 14 Jahre zählte. Meine Geburt war ein tiefer Schmerz für meine Mutter, welche hoffte, sie würde nach drei Knaben eine Tochter bekommen. Doch ich war hübsch und zierlich wie ein kleines Mädchen, und man erzählt mir oft, daß die, die mich mit meinen schönen goldenen Locken und meinen schönen blauen Augen in den Armen meiner Mutter sahen, stets sagten: »Aber es ist ja nicht möglich, daß das ein Junge ist!«

Wenn meine Amme mich sieht, erzählt sie mir immer, die Frauen ihrer Bekanntschaft hätten mir den Beinamen »kleine Madonna« gegeben, so zierlich und zart war ich. Ich besitze noch ein Porträt im Alter von zwei Jahren und kann versichern, daß man sich wirklich kein schöneres Kind denken kann.

Die ganze Familie war sehr stolz auf mich, besonders meine Mutter. Mein Verstand erwachte sehr früh, und ich wurde von jedermann als ein kleines Wunder betrachtet. Ich war damals allein im Hause, denn meine Brüder waren in einer Nachbarstadt in einem Internat. Ich war sehr stolz auf den Zauber, den ich ausübte, und ein so kleines Kind ich auch war, so errötete ich doch vor Vergnügen, wenn ich meine Schönheit rühmen hörte. Ich erinnere mich noch, wie ich vor Freude und Vergnügen zitterte, wenn ich in meinem kleinen bauschigen Kleide aus blauem Pique mit blauen Schleifen und mit meinem großen italienischen Strohhut ausging.

Als ich vier Jahre zählte, nahm man mir meine kleinen Kleider, um mir Hosen und ein kleines Jackett anzuziehen. Wenn man mich als Jungen gekleidet hatte, empfand ich eine wahre Scham – ich erinnere mich, als wäre es heute – und lief schnell fort, um mich zu verstecken und in dem Zimmer meines Kindermädchens zu weinen, die, um mich zu trösten, mich wieder als Mädchen ankleiden mußte. Man lacht stets, wenn man sich an das verzweifelte Geschrei erinnert, das ich anstellte, wenn man mir meine kleinen weißen Kleider nahm, die mein Glück bildeten. Es war mir, als nehme man mir etwas, das stets zu tragen mir bestimmt war.

Das war mein erster großer Schmerz.

II. Kindheit – Erste Verirrungen

Mit fünf Jahren wurde ich zur Schule geschickt, blieb dort aber nur einige Wochen, da unser Hausarzt bemerkte, daß ich blaß und kränklich wurde, wenn ich zu lange auf der Schulbank saß. Als ich sieben Jahre alt war, zogen wir um und wohnten von da an in Florenz. Die Geschäfte meines Vaters gingen hervorragend, und wir besaßen eine herrliche Kutsche, Lakaien und ein schönes Haus, wo mein Vater alles versammelte, was man sich an Schönem und Elegantem nur vorstellen kann. Für mich wurde damals eine Lehrerin eingestellt, und ich empfand bald eine äußerst lebhafte und überschwengliche Freundschaft für diese Frau, die sehr vornehm war und mich sehr liebte. Ich schätzte sie weit mehr als meine Mutter, die deswegen sehr eifersüchtig war. Sie versuchte mit allen Mitteln, mich von der Lehrerin zu trennen, hatte damit aber keinen Erfolg. Mit meinen sieben Jahren war ich als Junge so charmant, wie ich als Kind schön gewesen war. Meine Intelligenz setzte alle, die mit mir zu tun hatten, in Erstaunen. Ich war voller Bewunderung für alles, was schön und prächtig war, und entwickelte eine wahre Leidenschaft für all die schönen Frauen und Königinnen, deren Geschichten ich mit meiner Lehrerin las.

Heftig bewunderte ich die Französische Revolution, und als ich eines Tages eine Kurzfassung der »Geschichte der Girondisten« von Lamartine fand, verschlang ich sie innerhalb weniger Stunden. Nachts träumte ich davon, und ich wollte gar nicht aufhören, über diese großartige Epoche in der Geschichte Frankreichs zu reden. Marie Antoinette, Elisabeth, die Prinzessin Lamballe waren meine großen Leidenschaften. Die Helden und Heldinnen aus dem Volke liebte ich weniger, hegte ich doch stets eine grenzenlose Bewunderung für die Heroinen und die unglücklichen Frauen in Pelz und Hermelin.

Im Unterricht machte ich rasche Fortschritte und setzte selbst meine Lehrer in Erstaunen, wie schnell ich Dinge begriff und lernte.

Ich war damals übrigens noch völlig unschuldig und merkte überhaupt nichts. Mit meiner Gouvernante besuchte ich oft Museen und begeisterte mich trotz meiner Jugend für die Kunstwerke, zu denen ich mich sehr hingezogen fühlte. Der Anblick eines großen

Kunstwerks bewegte mich heftig, und die mythologischen Geschichten, die man mir vor den großen Kunstwerken beibrachte, erfüllten mich mit großer Leidenschaft. Ich träumte nur noch von Heroen, Göttern und Göttinnen. Besonders großen Eindruck machte auf mich der Trojanische Krieg, dabei galten aber meine Gedanken und meine ganze Begeisterung mehr den Helden als den Heldinnen – eine seltsame Sache, die mir erst sehr viel später bewußt wurde.

Ich bewunderte Helena, Venus und Andromache sehr, aber meine große Liebe und meine große Verehrung galten Hektor, Achill und Paris – vor allem dem ersteren. Ich begeisterte mich richtig für ihn und gefiel mir darin, mir vorzustellen, ich sei Andromache, um so den Helden in seinem eisernen Panzer in meinen Armen halten zu können. Und stundenlang mußte ich an seine athletische Gestalt, die schönen nackten Arme und den hohen Helm denken. Ich erinnere mich noch gut an die süßen Empfindungen während dieser Stunden in den langen Fluren der Museen, wo ich so viele schöne Heroen und nackte Götter sah, die ich in meiner Phantasie lebendig werden ließ. Viele Stunden war ich in Gedanken versunken über das Glück dieser marmornen Welt, die so vollendet und so jenseits aller Wirklichkeit war, und ich konnte mir meine Gefühle gar nicht recht erklären.

Ich liebte schon damals die Einsamkeit, die Spiele der anderen Jungen erschreckten mich. Meine Brüder waren schon zu groß, um sich mit mir zu befassen, auch waren sie nur sehr selten zu Hause. Ich empfand nur wenig Sympathie für sie. Mein ältester Bruder war sehr schön, die beiden anderen weniger, vor allem der dritte, der mit seinen kurzen Beinen und langen Armen ganz nach der Familie meiner Mutter geraten ist – einer Familie, die, Gott sei Dank, weit von uns entfernt wohnt und die ich überhaupt nicht mag.

Meine Brüder sind alle gut verheiratet, haben ihre Familie und sind sehr glücklich, vor allem die beiden ältesten. Ich bin allein im väterlichen Haus zurückgeblieben, was ich kaum bedaure.

Ich setzte meine Studien fort, aber auf sehr unregelmäßige Art und Weise. Ich lernte mehrere Sprachen und verschlang alle literarischen Werke, und dabei begeisterte ich mich besonders für alles, was schön und vor allem poetisch war. Die Dichtung hatte einen großen Einfluß auf mich; der Rhythmus der Verse verursachte mir wahre Schauer, und ich lernte lange Monologe und ganze Szenen meiner Lieblingstragödien auswendig. Auch die Musik gefiel mir außerordentlich. Schöne Verse und schöne Musik entzückten mich gleichermaßen. Ich lebte wahrhaftig in einer idealen Welt, wie sie ein Kind von zehn Jahren wohl noch nie erträumt hat. Ich begeisterte mich stets für die schönen Heldinnen aus Geschichte und Dichtung und liebte sie wie Freundinnen, denn eine Frau war für mich ein besonderes, zauberhaftes Wesen, so weit von der Wirklichkeit entfernt, daß ich sie fast zur Gottheit werden ließ.

Die größte Inbrunst brachte ich damals der Jungfrau Maria entgegen, die für mich der Inbegriff aller Frauen war. Es verlockte mich, an ihrer göttlichen Natur teilzuhaben, und mehrere Monate hindurch übte ich mich in einer übertriebenen Verehrung, die umso ungewöhnlicher war, als bei uns zu Hause alle religiösen Praktiken abgeschafft waren und sich niemand darum kümmerte. Meine Mutter hatte von ihrer früheren Religion nur den Haß auf alle Kirchen und allen religiösen Pomp behalten, und es war gerade dieser Pomp, der mich entzückte.

Damals änderte sich mein Geschmack. Statt an Helena, den Göttinnen und Heroen fand ich jetzt Gefallen an der Gemeinschaft der Heiligen, Jungfrauen und Märtyrer. Die Wände meines Zimmers waren mit kleinen Bildern von Heiligen und Engeln geschmückt, vor denen ich fast zu jeder Stunde meine Gebete verrichtete. Mitten in den Unterrichtsstunden bat ich darum, wegen eines dringenden Bedürfnisses hinausgehen zu dürfen, und lief dann in mein Zimmer, um vor der liebreichen Madonna zu beten, die für mich eine Schwester, wie eine Freundin war.

Die Phase der Verehrung dauerte nur kurze Zeit und hörte ganz plötzlich auf – ich weiß nicht warum. Ich gebe immer einem kleinen Bild der heiligen Maria Maddalena de' Pazzi die Schuld, das das Kammermädchen meiner Mutter besaß und das ich so schrecklich fand, daß ich vor diesem ›kleinen Monster‹ nicht ernst bleiben konnte. So hörte also meine Bewunderung für die Jungfrauen und Heiligen auf und ich kehrte zurück zur reinen Mythologie. Ich wurde fast zu einem Götzenanbeter, kaufte mir eine kleine Venus-Statue, um vor ihr Weihrauch zu verbrennen und ihr jeden Morgen einen Blumenstrauß zu bringen.

Nach einiger Zeit spürte ich, wie sich in mir ein neues Leben regte. Ich wurde ganz unruhig, meine Phantasie zeigte mir die schönsten Bilder und hielt mich nächtelang wach. Ich las alles, was mir in die Hände fiel, und verschlang die großen Romane aus der Bibliothek meines Vaters. Das neue Lebensgefühl entflammte mich aufs schönste, und ich war so begeistert und erregt, daß sich alle um mich herum verwunderten. Ich redete ständig drauf los, ohne zu überlegen, und fiel in diesem Aufruhr frühreifer Jugend ohne erkennbaren Grund von den kühnsten Gedanken und der allergrößten Begeisterung in große Traurigkeit und Niedergeschlagenheit. Ich weinte oft, wenn ich allein war, und flüchtete mich, um Trost zu finden, in eine imaginäre Welt.

Meine Leidenschaft für schleppende Roben dauerte an, und wenn ich allein war, stellte ich mir meine Mutter vor und schritt dann einher, wobei ich hinter mir Bettücher oder alte Schultertücher herzog, die in langen Falten von mir herabfielen und deren Rauschen mich vor Freude erzittern ließ. Ich hatte stets den Wunsch, mich in lange Schleier zu kleiden, und diese Leidenschaft, die mich auch nach meiner Kindheit nicht ganz verlassen hatte, erfaßte mich wieder aufs schönste.

Als eines Tages eine Freundin meiner Mutter im Scherz zu mir sagte, daß man bei mir die ersten Barthaare sprießen sehen könnte, hätte ich sie fast erwürgt, so sehr empfand ich diese Unterstellung als Beleidigung und so sehr schmerzte mich diese Neuigkeit. Ich lief schnell zu einem Spiegel und war sehr froh, daß meine rosige Oberlippe noch ohne diesen fürchterlichen Flaum war, der mir solchen Schrecken einjagte.

Mit aller Phantasie und allem Schönheitssinn, über den ich verfügte, gefiel ich mir darin, mich in eine Frau zu verwandeln, und die Abenteuer, die ich im Geiste durchlebte, ließen mich vor Vergnügen erzittern.

Mit dreizehn Jahren war ich immer noch völlig unschuldig, hatte ich keine Vorstellung von der Vereinigung der Geschlechter und von den Unterschieden, die zwischen ihnen bestehen. Das mag bei einem Kind, das sonst für sein Alter so weit entwickelt war, erstaunen, aber es war wirklich so. Ich lebte zu sehr im Gefühl und in der

Phantasie, zielte zu sehr auf alles Ideale, um die Dinge um mich herum wahrzunehmen.

Ein Hausbursche von 15 Jahren hat schließlich meiner Unschuld ein Ende gesetzt. Es geschah bei einem Aufenthalt in einem Badeort, wohin alle Bediensteten mit uns gekommen waren. Ich ging häufig in die Pferdeställe und redete und spielte dabei gern mit einem Jungen in meinem Alter, mit dem ich auch zuweilen im großen Garten herumrennen durfte. Durch diesen Burschen, der mir alles erzählte, was er wußte, wurde ich bald aufgeklärt. Als ich hörte, wie Kinder entstehen, war ich entsetzt und empfand einen großen Widerwillen gegen meine Eltern, die sich nicht geschämt hatten, mich auf diese abscheuliche Art zu zeugen.

Diese Gespräche machten mich sehr ärgerlich. Wenn ich auch mit Gaben des Geistes zum Glück sehr gut, vielleicht zu gut, ausgestattet war, körperlich war ich es weniger. Mit dreizehn Jahren war ich noch nicht zum Mann geworden.

Dieser junge Bursche hat sich mehrmals vor mir befleckt, und obwohl ich darauf brannte, es ihm gleichzutun, und erhitztes Blut durch meine Adern rann, gelang es mir nicht einmal, als ich wieder allein war.

Der Bursche wurde bald entlassen, und wenn ich seinen Unterricht auch nicht vergaß, so dachte ich doch nicht sehr oft daran. Was mich am meisten erstaunte, war, daß er immer davon sprach, mit nackten Frauen zusammenzuliegen und was er dann mit ihnen macht, denn ich spürte überhaupt kein Verlangen, dies mit einer Frau zu tun, sondern hätte es ganz natürlich empfunden, mit einem Manne zusammenzuliegen. Es erschien mir sehr unpassend, merkwürdig und unangebracht, mit einer Frau zu schlafen, der ich doch so sehr ähnelte, und außerdem hätte ich dazu nie den Mut gehabt.

Ein Mann schien mir viel schöner zu sein als eine Frau, ich bewunderte an ihm seine Stärke und seine feste Gestalt, die ich nicht besaß und die zu erlangen mir unmöglich schien. Ich stellte mir immer vor, eine Frau zu sein, und meine Wünsche waren die einer Frau.

Ich hatte einige Freunde und empfand für sie, ohne mir darüber Rechenschaft abzulegen, eine übertriebene Freundschaft. Ich beneidete sie, und wenn sie mir die Arme auf den Rücken bogen, zitterte ich am ganzen Körper. Ich war eifersüchtig auf sie, und meine größte Freude war es, ihnen irgendwelche Beweise meiner Anhänglichkeit zu liefern und ihnen kleine Opfer zu bringen. Ihre Gleichgültigkeit und ihre ungestüme Art, die sich von meiner unterschied, quälten mich, und ich hätte mir gewünscht, daß sie sich nur mit mir befaßt hätten.

Was mich jedoch am meisten anzog, waren reife Männer zwischen dreißig und vierzig. Ich bewunderte ihre schönen Schultern und ihre tiefe Stimme, die sich so deutlich von unseren kindlichen Stimmen unterschied. Ich war mir nicht im klaren, was ich empfand, aber ich hätte alles dafür gegeben, von ihnen in den Arm genommen zu werden und mich an sie schmiegen zu können.

Ganze Nächte träumte ich von diesen Dingen und gab ihnen so ein Stück Wirklichkeit. Ich wußte noch nicht, wie tief das schreckliche Übel, das ich, ohne es zu kennen und ohne es zu wollen, in mir nährte, einen Mann erniedrigen kann, ein Übel, das mich später so unglücklich machen sollte.

Ein Diener, den wir bald danach in unsere Dienste nahmen, zog meine ganze Aufmerksamkeit auf sich. Er hatte ein schönes Gesicht mit schwarzem Schnurrbart und Backenbart. Mit den kleinen Listen eines Jungen versuchte ich ihn dazu zu bringen, über unanständige Sachen zu reden, und er ging bereitwillig darauf ein. Ich liebte ihn sehr und wollte ihn immer an meiner Seite haben, wenn ich irgendwo hinging. Abends brachte er mich auf mein Zimmer in der zweiten Etage und blieb bei mir, bis ich fast eingeschlafen war. Ich brachte ihn dazu, von seinen Geliebten zu sprechen und von den schlimmen Orten, die er aufsuchte. Daran fand ich so großes Gefallen, daß ich danach noch stundenlang wachlag, erfüllt von einem Verlangen, dessen ich mir nicht recht bewußt war. Ich hätte es gerne gehabt, wenn er bei mir läge, wenn ich seinen hellen, glatten Körper spüren könnte. Ich hätte ihn gerne umarmt, hätte ihn gerne bei mir gehabt, um Lust zu empfangen und zu geben. Meine Wünsche reichten gar nicht weiter, und ich stellte mir auch nicht mehr vor.

Eines Abends, nach einem langen Gespräch über unser Lieblingsthema, bei dem ich ihn nach den unanständigsten Dingen gefragt hatte, ergriff mich plötzlich das Verlangen, ihn ganz kennenzulernen, und ohne Scham und wie zum Spaß *bat[1] ich ihn, mir sein Glied zu zeigen, um mich zu überzeugen, daß es wirklich so groß und schön sei, wie er behauptete. Er wollte zuerst nicht, aber als ich versprach, daß ich keinem davon erzählen würde, öffnete er seine Hose und zeigte sich mir im Zustand der Erektion, die mein Reden verursacht hatte. Er kam zu meinem kleinen Bett, auf dem ich, keuchend vor Verlangen und Scham, lag. Ich hatte noch nie das Glied eines erwachsenen Mannes gesehen und war so erregt, daß ich kein Wort hervorbringen konnte. Getrieben von ich weiß nicht welcher Gewalt und welchem Verlangen in mir, ergriff ich das Glied mit meiner rechten Hand, und während ich es heftig rieb, flüsterte ich nur:»O wie schön ist es, wie schön!« Mich erfüllte ein wildes Verlangen, mit diesem Glied, das meine ganze Hand ausfüllte, etwas zu machen, und heftig wünschte ich mir, mein Körper sollte eine Öffnung haben, durch die ich das in mich aufnehmen könnte, was ich so heftig begehrte.*

Als er Lärm hörte, bedeckte sich der Diener sofort, zog sich zurück und ließ mich allein mit meinem brennenden Verlangen, das ich niemals zuvor gespürt hatte und von dem ich nicht geglaubt hätte, daß es so etwas gab. Im Innersten meines Herzens spürte ich schon damals eine Art Verzweiflung und die feste Überzeugung, daß ich nie würde genießen können, was ich so sehr ersehnte.

Am Abend wollte ich diese schrecklich-schöne Begegnung wieder aufleben lassen, aber der Mann fürchtete wohl irgendwelches Gerede und wollte mir nichts mehr zeigen. Ich war voller Wut.

Eines Abends wurde dieser Diener von meinem Vater hart getadelt und fast aus dem Hause getrieben: mein Vater hatte gemerkt, daß er fast jede Nacht eine seiner Geliebten in unser Haus ließ. Als ich davon erfuhr und begriff, daß es ganz in meiner Nähe einen Menschen gab, der sich an ihm, den ich so sehr begehrte, erfreute, weinte ich vor Wut und verwünschte den Himmel, weil ich nicht als Frau geboren war.

---

[1] Mit * - * sind die vom französischen Herausgeber Dr. Laupts in der Buchausgabe 1896 ins Lateinische übersetzten Textpassagen gekennzeichnet. An dieser Stelle merkt er an:»Die Leser werden gewiß verstehen, daß ich bestimmte Passagen des Dokuments vom Französischen ins Lateinische übersetzt habe« (S.56)

Bald danach verließ dieser Mann unser Haus, was mich nur noch wenig berührte. Ich war immer noch sehr jung, und die Eindrücke, so stark sie auch waren, waren nicht von großer Dauer.

III. Jugend – Erste Handlungen

Ich hatte eine lebhafte Zuneigung zu einem prächtigen jungen Menschen gefaßt, der seit einiger Zeit als Knecht in unserem Stall diente. Er war wirklich herrlich, jung, mit kleinem, kastanienbraunem Schnurrbart. Er war von mittlerer Gestalt, kräftig und wohlgebaut. Ich brachte ihm heimlich Zigarren, die ich aus dem Rauchzimmer meines Vaters entwendete, und sogar Kuchen und Süßigkeiten, derer ich mich seinetwegen beraubte. Es war ein sehr anständiger Mensch, der gern etwas frei sprach, sich aber nie eine Vertraulichkeit erlaubte. Eines Tages, als ich ihn im Scherz bat, er möge sich mir nackt zeigen, schalt er mich aus und wollte meinen Wunsch nicht erfüllen. Ich empfand immer größere Freundschaft für ihn, und mein Wunsch, ihn zu sehen, ihm nahe zu kommen, sein Gesicht zu berühren, wurde wirklich zur fixen Idee.

Da ich nichts von ihm erhoffen konnte, suchte ich mir in der Phantasie einzureden, ich wäre seine Frau, und nachts legte ich mein Kopfkissen neben mich und küßte und biß es, als wenn es eine lebende Person wäre. Ich dachte an den schönen, so kräftigen und frischen jungen Mann und suchte, indem ich mich bewegte, mir die Illusion zu verschaffen, ich schliefe mit ihm. *Dabei erfaßte mich, fast gegen meinen Willen, eine große Unruhe, und zum ersten Mal ergoß ich meinen Samen.*

Ich war sehr erschreckt darüber, und trotz des Vergnügens, das ich empfunden hatte, nahm ich mir vor, nicht mehr in einen solchen Irrtum zu verfallen. Ich hielt dieses Versprechen sehr wenig, und bald verfiel ich in eines der erniedrigendsten Laster, in die wir verfallen können. Meine lebhafte Phantasie spiegelte mir die gefälligsten Bilder vor, und ich genoß dieses gräßliche Vergnügen, indem ich die Bilder von Männern vor mir erstehen ließ, die mir gefielen und mit denen ich gern zusammengewesen wäre. Obwohl dem Anschein nach zart, war meine Konstitution doch sehr stark, und so hatte das, was zweifellos einen anderen getötet hätte, bei mir keinerlei körperliche Folgen.

Zur damaligen Zeit gingen die Geschäfte meines Vaters schlecht, wir mußten Italien verlassen und wieder einmal in Frankreich unser Glück versuchen. Wir blieben damals mehrere Monate in Paris, das ich bereits vor einer Reihe von Jahren besucht hatte. Ein sehr einfaches Leben folgte unserem luxuriösen Aufwand, und ich kann Sie versichern, daß dies die traurigste Zeit meines Lebens war. Der Charakter meines Vaters hatte sich verbittert, selbst in Paris gingen seine Geschäfte immer schlechter. Meine Erzieherin verließ uns zu dieser Zeit, und ich trat als Externer in ein Internat in Paris.

Ich konnte den Unterricht im Gymnasium nicht ausstehen, und um mehr Zeit für mich zu haben und nicht mehr einem regelmäßigen Unterricht folgen zu müssen, erklärte ich, ich hätte keine Neigung für den Beruf eines Ingenieurs, für den mein Vater mich bestimmt hatte, und wünschte Malerei zu studieren, da ich im Zeichnen ein sehr hübsches Talent entwickelte.

Durch Zärtlichkeiten und Schmeicheleien gelang es mir, meinen Vater dazu zu bringen, daß ich das Gymnasium verlassen konnte. Er brachte mich zu einem Maler, zu dem ich übrigens nur sehr selten ging, da ich es vorzog, in Paris herumzubummeln und die Galerien und Museen zu besichtigen. Ich ging morgens zu dem Maler, der sehr weit von uns entfernt wohnte, und brachte den Nachmittag mit Lesen und Zeichnen zu.

Diese Zeit war für mich recht angenehm, doch der Wunsch, einem Manne anzugehören, verfolgte mich beständig, und ich fühlte mich unglücklich, zu einem Geschlechte zu gehören, mit dem meine Seele keine Berührung hatte. Ich setzte mein einsames Laster fort, das bald keinen Reiz mehr für mich hatte und das ich in der Folgezeit aufgab, denn es fing an, meinen Körper und meinen Geist allzusehr anzustrengen und machte mir fast gar kein Vergnügen mehr.

Nach mehrmonatigem Aufenthalt in Paris kehrten wir nach Italien zurück, wohin die Geschäfte meinen Vater aufs neue riefen. Ich besuchte wieder eine Akademie der schönen Künste, doch ich hatte für die Kunst keine Leidenschaft mehr und ging nur hin, um nicht etwas anderes tun zu müssen, was mir in dem psychischen Zustande, in dem ich mich befand, ganz besonders widerwärtig gewesen wäre. Die Jungen, die mich in der Schule der schönen Künste umgaben, erschienen mir schrecklich gewöhnlich und gemein; sie hatten gräßliche Hände, meine waren die schönsten und gepflegtesten, die man nur sehen konnte. Außerdem war ich sehr stolz auf meine Geburt, auf meine Reisen, auf meine höhere Erziehung, und ich hatte keine Lust, mit so kleinen Leuten zu verkehren, die fast alle Söhne von Schlächtern oder Krämern waren. Jetzt sind mehrere von ihnen reizende Künstler, während ich selbst in der Kunst, die ich mir gewählt hatte – allerdings aus Laune gewählt hatte – keine Fortschritte gemacht habe.

Ich war Herr über meine Zeit, denn ich ging nur sehr selten zur Schule und brachte meine Zeit mit Grübeln und Lesen zu. Während dieser Zeit betrat ich, von einigen meiner Gefährten und Vettern meines Alters beeinflußt, zum ersten Mal ein öffentliches Haus. Ich verließ es verzweifelt und angeekelt. Die Frauen reizten mich überhaupt nicht, und ich empfand nur Widerwillen gegen sie. Eine von ihnen umarmte mich, und ich empfand einen so heftigen Ekel vor dieser schrecklichen Person, daß ich mich so schnell wie möglich von ihr losmachte und eiligst davonging, zur großen Verwunderung derjenigen, die mich an diesen Ort begleitet hatten. Ich bin mehrere Male dorthin zurückgekehrt mit dem festen Wunsch, meinen Widerwillen zu besiegen und das zu tun, was die anderen tun, doch es ist mir niemals gelungen. Ich blieb eiskalt unter den glühendsten Liebkosungen und empfand nur einen schrecklichen Widerwillen.

Einer meiner Freunde, ein junger Wüstling, wollte mich sogar an seinen Manipulationen mit einem dieser Weiber teilhaben lassen, doch ich konnte meine angeborene Abneigung nicht überwinden, und diese ausschweifende Szene ließ mich vollständig kalt.

Diese schlechten Orte übten dennoch auf mich eine Art geheimer Anziehungskraft aus, und so manches Mal habe ich nicht diejenigen beneidet, die dorthin gingen, wohl aber die, die darin wohnten.

Ich kam soweit, daß ich mich als ein außergewöhnliches und phantastisches Wesen betrachtete, ein Wesen, bei dessen Entstehung die Natur sich geirrt hat, das seinen entsetzlichen Zustand wohl erkennt, nichts aber dazu tun kann, ihm abzuhelfen. Ich verlor den Geschmack an allem; meine traurige und verdüsterte Seele überließ sich einer tiefen Verzweiflung, und ich verfiel in vollständige Niedergeschlagenheit.

Ich verbrachte meine Vor- und Nachmittage damit, daß ich in den Gärten und an einsamen Plätzen spazieren ging; im Banne der größten Traurigkeit verzweifelte ich an allem, an der Natur wie an Gott. Ich fragte mich, warum ich unter so elenden Verhältnissen geboren sei und welches Verbrechen ich vor meiner Geburt begangen hätte, um in so schrecklicher Weise bestraft zu werden. Meine ganze Umgebung merkte nichts und schrieb mein Schweigen und meine Traurigkeit einem schlechten Charakter, einer natürlichen Seltsamkeit zu. Mein Vater war viel zu sehr mit seinen Geschäften und der Wiedergewinnung seines Vermögens beschäftigt, an das er fortwährend dachte; meine Mutter kümmerte sich um das Haus und ihre Besuche und war außerdem nicht von der Art, daß sie sich wegen seelischer Leiden beunruhigt hätte.

Meine Brüder waren fern, ich lebte also ganz allein, meinen Schmerzen und meinen traurigen Gedanken überlassen. Ich sah mein ganzes Leben vor mir liegen, zerstört von einer schrecklichen Leidenschaft, die die blinde Natur mir eingeflößt hatte. Ich fühlte in mir Schätze, von denen niemand etwas wissen wollte, die stets in meiner Seele eingeschlossen bleiben und mich schließlich rasch töten würden.

Es kam soweit, daß ich mir den Tod wünschte und ihn in der schrecklichen Einsamkeit, in der ich mich befand, herbeisehnte. Nie werde ich die schrecklichen Qualen ausdrücken können, die mich damals peinigten. In diesem langen, schmerzvollen Zustand verfiel ich zuweilen in eine Stimmung voller Energie, grundloser Freude und Hoffnungen, die sich nie verwirklichen sollten. Ich versuchte, meine Natur durch ernste Lektüre und Ausübung meiner religiösen Pflichten zu verändern. Alles war umsonst, und nach jedem Versuch war ich verzweifelter als zuvor.

Ich wollte zu Frauen, jungen Mädchen, fast noch Kindern, Zuneigung fassen, doch es gelang mir nicht. Die Frauen erschienen mir als schöne und zärtliche Freundinnen, die in voller Sicherheit neben mir hätten schlafen können, ohne daß ich sie auch nur mit einem Wunsche gestreift hätte.

Nur der Mann erschien mir in seiner Kraft und Stärke reizvoll und schön, und zu ihm fühlte ich mich von einer unbekannten Kraft, von einem unwiderstehlichen Zauber hingezogen. Es machte mir Vergnügen, die schönen jungen Männer durch die Straßen wandeln zu sehen, und wenn jemand mir gefiel, so wandte ich mich um, um ihn noch einmal zu erblicken. Ich hatte dann im Geiste Geliebte, die ich verehrte und denen ich stillschweigend folgte, ohne daß jemals einer irgendetwas ahnte. Ich verkehrte mit niemandem, aus Furcht, mein schreckliches Geheimnis zu verraten, vor dem ich zitterte und dessen ich mich schämte. Ich will nicht beschreiben, was ich damals litt, auch will ich die entsetzlichen Gedanken nicht nennen, die in meinem Kopfe auftauchten. Sie werden sie sich leicht vorstellen können.

So erreichte ich mein 18. Jahr, ohne daß alle diese moralischen Qualen meine Konstitution und meine Gesundheit spürbar beeinträchtigt hätten.

Ich war damals derselbe, der ich mit kleinen Veränderungen noch heute bin. Meine Gestalt ist unter Mittelgröße, 1,65 Meter, wohlgebaut, ich besitze schlanke Formen, bin aber nicht mager. Mein Körper ist prächtig; ein Bildhauer würde nichts daran auszusetzen haben und zwischen dem des Antinous und dem meinen keinen großen Unterschied finden. Ich bin sehr gewölbt gebaut, vielleicht zu sehr, und meine Hüften sind sehr entwickelt; mein Becken ist breit wie das einer Frau, meine Knie sind leicht eingebogen, meine Füße ganz klein, meine Hände prächtig, die Finger gekrümmt, mit glatten, rosigen und glänzenden Nägeln, die wie die der antiken Statuen viereckig geschnitten sind. Mein Hals ist lang und rund, mein Nacken bezaubernd, mit kleinen Härchen versehen, mein Kopf ist ebenfalls reizend, und mit 18 Jahren war er es noch mehr. Das Oval desselben ist vollendet und fällt jedermann durch seine kindliche Form auf.

Mit 23 Jahren hält man mich höchstens für siebzehn. Mein Teint ist weiß und rosig, ich werde bei der leichtesten Erregung purpurrot; die Stirn ist nicht schön, sie ist leicht fliehend und an den Schläfen eingefallen, doch glücklicherweise wird sie halb von dunkelblonden Haaren verdeckt, die natürlich gelockt sind. Die Form des Kopfes ist wegen der gelockten Haare vollkommen, doch bei näherer Betrachtung zeigt sich am Hinterkopf ein sehr starker Vorsprung. Meine Augen sind langgestreckt, blaugrau, mit langen, kastanienbraunen Wimpern und sehr starken, bogenförmigen Brauen. Mein Blick ist wie von einer Flüssigkeit getrübt, meine Augen sind fast immer von Schatten und Ringen umgeben, auch sind sie

Zuckungen unterworfen, die schnell vorübergehen. Der Mund ist ziemlich groß, mit dicken, roten Lippen; die Unterlippe fällt herab, man sagt mir, ich hätte einen »österreichischen« Mund. Die Zähne sind blendend, obwohl drei plombiert und schlecht sind, doch zum Glück sieht man sie nicht. Die Ohren sind klein mit sehr dunklen Ohrläppchen. Mein Kinn ist sehr fett, mit 18 Jahren war es glatt und samtweich wie das einer Frau. Jetzt bedeckt es ein leichter, stets rasierter Bart. Zwei schwarze, samtweiche Flecken befinden sich auf meiner linken Wange und bilden einen starken Gegensatz zu meinen blauen Augen. Meine Nase ist fein und gerade, mit weichen Nüstern und kleiner, kaum merklicher Krümmung. Meine Stimme ist sanft, und man bedauert stets, daß ich nicht Gesang gelernt habe.

Das ist mein Porträt; es wird Ihnen vielleicht beim Nachzeichnen des seltsamen Wesens dienlich sein können, das die Natur zu meiner großen Verzweiflung geschaffen hat.

Mit 20 Jahren, dem Alter der allgemeinen Einberufung, hätte ich meine Soldatenpflicht erfüllen müssen. Da mein Vater von neuem Vermögen erworben hatte, konnte ich vor der vom Gesetz vorgeschriebenen Zeit dienen und als Freiwilliger eintreten. Mein Vater hatte die Kavallerie gewählt, die mehr kostete, aber infolgedessen auch besonders »chic« war. Man hatte ihm übrigens auch gesagt, daß die Anstrengung bei dieser Waffe viel erträglicher wäre, und bevor ich das 19. Jahr erreicht hatte, trat ich in ein Regiment ein, das in einer kleinen Stadt in Garnison lag, in einiger Entfernung von den kommandierenden Generälen. Die Offiziere, so versicherte man uns, seien sehr gut erzogen und behandelten die Freiwilligen gut.

Ich hatte stets einen wahren Horror vor dem Militärleben gehabt; die Anstrengung, der Zwang, die schreckliche Disziplin erschreckten mich sehr, und ich hätte ich weiß nicht was gegeben, um von der furchtbaren Unannehmlichkeit befreit zu werden, ein ganzes Jahr auf diese unangenehme Weise verbringen zu müssen. Die erste Zeit erschien mir wirklich sehr hart, doch nach und nach gewöhnte ich mich an dieses Leben, dem es übrigens nicht an Zerstreuungen fehlte.

Ich hatte mehrere Kameraden, auf ihren Adel und ihren Reichtum sehr eingebildete kleine Herrchen, mit denen ich sehr schnell Freundschaft schloß. Jedermann gewann mich bald lieb, denn mein hübsches, kindliches Gesicht bildete einen seltsamen Gegensatz zu der Husarenuniform, die ich trug und die mich als ein verkleidetes Mädchen erscheinen ließ.

Die zahlreichen Beschäftigungen, der Unterricht in der Reitbahn und das Leben in freier Luft beeinflußten in sehr günstiger Weise meine Gesundheit und meine Stimmung. Die Festtage, die langen Spazierritte, die Soupers und Diners söhnten mich schließlich mit dem Militärleben aus, das die Gefälligkeit der Offiziere uns ziemlich behaglich gestaltete.

Was uns besonders entzückte, war der Umstand, daß wir den einfachen Soldaten gegenüber die Prinzen spielen durften und uns diesen armen Leuten gegenüber in allem als überlegen zeigen konnten.

Wir schliefen mit unserer Einheit zusammen in großen, geräumigen Sälen. Wir hatten gewünscht, ein Zimmer für uns zu bekommen, doch das war unmöglich, und ich habe es später auch nicht bedauert.

Der Unteroffizier, der bei uns schlief, war ein alter, äußerst langweiliger und verdrießlicher Brummbär, auf den wir nur wenig Einfluß hatten und der aus Furcht, er könne sich kompromittieren und dürfe uns nicht mehr nach Belieben anfahren, nichts von uns annehmen wollte. Die anderen Unteroffiziere waren dagegen immer sehr liebenswürdig zu uns und wiesen nie das zurück, was wir ihnen anboten, auch kamen sie stets zu den Diners, zu denen wir sie einluden.

Bei diesem bewegten und arbeitsamen Leben hatten sich meine Sinne beruhigt, und die unaufhörlichen Halluzinationen, von denen ich so lange verfolgt worden war, wurden weniger und hörten fast ganz auf. Wir waren zu müde, um an etwas anderes als an unsere Pflicht zu denken. Die Männer, welche mit uns zusammenschliefen, führten mich nicht in Versuchung. Sie waren zu plump, zu häßlich, zu stupide, um mir irgendwelches Verlangen nach ihnen einzuflößen. Außerdem waren sie schmutzig und haben für mich nie eine Versuchung dargestellt.

Sechs Monate waren verflossen, und es kam der Frühling. Ein Teil des Regiments wechselte die Garnison, und andere Einheiten nahmen die Stelle derjenigen ein, welche abzogen.

In unserem Saale fand an dem Tage, an dem die Neuen eintrafen, eine wahre Revolution statt. Ich benutzte die Gelegenheit, um den Platz zu wechseln und mein Feldbett in den abgelegensten und bequemsten Winkel des Saales zu stellen. Meinem Bette gegenüber ließ sich der Unteroffizier nieder, der die eben eingetroffene Einheit befehligte.

Dieser Mann war jung (25 bis 26 Jahre) und besaß ein sehr hübsches Gesicht. Ich achtete nicht besonders auf ihn und kümmerte mich anfangs auch nicht viel um ihn. Er war sehr schweigsam und bescheiden, rüffelte die Soldaten nur wenig und sprach außerhalb des Dienstes fast gar nicht. Er befehligte seine Einheit mit viel Geschick und Energie, und ich bewunderte in der Folge die reizende und ritterliche Manier, mit der er sein Pferd ritt. Er ließ es auf dem Waffenplatz Gräben und gefährliche Hindernisse überspringen, vor denen ich eine schreckliche Angst hatte. Das erste Gefühl, das ich ihm gegenüber hegte, war Eifersucht und Neid. Er kam mir, der ich hager und klein war, sehr groß vor und erschien mir mutiger und gewandter als wir alle; er hatte eine Art zu kommandieren, um die ich ihn beneidete und die ich niemals haben werde.

Gewöhnlich legte er sich sehr früh zu Bett, während meine Kameraden und ich ins Theater gingen oder in der Regimentskantine blieben, um dort zu musizieren oder fröhlich zu speisen. Eines Abends verließ ich, von irgendeiner Laune beeinflußt, die Gesellschaft und zog mich in unseren Schlafsaal zurück. Viele Soldaten lagen schon im Bett, der Unteroffizier war im Begriff, sich zu entkleiden. Ich tat dasselbe und schickte mich an, mich hinzulegen, ohne daß mir dabei eine einzige Bewegung meines Nachbarn entging. Er stand bereits im Hemd da und zog bald, auf seinem Bett sitzend, sein letztes Kleidungsstück aus, um sich nur mit seinem Unterhemd ins Bett zu legen.

Ich war beeindruckt von der Schönheit und Vollkommenheit seines Körpers, der mir bei dem schwachen Schein der an der Decke hängenden Lampe wunderbar schön vorkam und die antiken Meisterwerke zu übertreffen schien, die mich einst begeistert hatten. Jene waren aus Marmor, dieser schöne Körper war voll Kraft und Jugend. Besonders die Beine fielen mir auf; sie waren vollendet in ihrer Form und gleichzeitig nervig, schlank und geschmeidig. Sein ganzer schöner Körper ließ im Verein mit der anmutigsten Form eine außergewöhnliche Kraft vermuten. Am nächsten Morgen betrachtete ich ihn mit großer Aufmerksamkeit und war von seinem hübschen Gesicht und der Eleganz seiner Züge sowie von seinen wohlgepflegten Händen mit den kurzen Nägeln betroffen. Ich fühlte mich von Freundschaft für diesen jungen Mann ergriffen, der so traurig seine Pflicht tat, nüchtern war und wenig ausging. Dennoch hatte ich kein Verlangen nach ihm. Ich bewunderte ihn wie eine schöne Statue und traute ihm nicht zu, mich jemals verstehen zu können. Oft setzte ich mich abends neben ihn, und es machte mir Spaß, mir etwas von seiner Heimat, seiner Geburtsstadt und seiner Familie erzählen zu lassen. Er hatte keine Mutter mehr, und sein Vater hatte von einer anderen Frau mehrere Kinder. Das hatte ihn veranlaßt, weiter beim Militär zu dienen. Sein Vater war ein kleiner Beamter, der ihm einige Erziehung hatte zuteil werden lassen; er schrieb sehr gut und las in seinen freien Stunden aus dem Französischen übersetzte Bücher, besonders die Werke des älteren Dumas.

Ich begann an seiner Gesellschaft immer mehr Gefallen zu finden und empfand bald die zärtlichste Freundschaft für ihn. Ich lud ihn mehrer Male ein, mit uns ins Theater zu kommen, und das schien meine Kameraden nicht zu ärgern, die für diesen jungen Mann ebenfalls Sympathie hegten. Er speiste auch einige Male mit uns, zeigte sich aber immer sehr kühl und zurückhaltend. Er hatte soviel Beschäftigung und war abends oft so müde, daß er es vorzog, das Quartier nicht mehr zu verlassen. Ich hätte ihm gerne Geld angeboten, doch ich fürchtete, er würde es nicht annehmen.

Bald konnte ich nicht mehr ohne ihn auskommen und suchte jede Gelegenheit, ihm angenehm zu sein. Ich begnügte mich damit, seine Hand zu berühren und manchmal mit der meinen über seinen Kopf zu fahren, der mit seinen feinen, weichen, kastanienbraunen Haaren reizend war. Ich bemerkte und bewunderte die Schönheit seiner Zähne und seines hübschen Mundes, der mit einem kleinen, kastanienbraunen Schnurrbart geschmückt war, aber nicht von ihm verdeckt wurde. Ich sah in ihm alle meine Lieblingshelden wieder, und wenn er in seiner hübschen, schwarzgelben Uniform auf seinem

Pferd vorbeiritt, verglich ich ihn unwillkürlich mit Hektor und Achill.

Ich war eifersüchtig, doch es machte mir Spaß, mir seine flüchtigen Liebeshändel und seine Garnisonsabenteuer erzählen zu lassen. Obwohl er körperlich sehr stark veranlagt war, suchte er doch höchstens zweimal im Monat Frauen auf, denn sie waren sehr teuer, und er hatte wenig Geld.

Übrigens gab er sich wenig mit den Frauen und der Liebe ab, da er seit dem Alter von 17 Jahren im Heere diente und keine Muße gehabt hatte, seine Sinne zu verfeinern. Ich beneidete wütend alle Frauen, die diesen schönen jungen Mann, den ich jetzt als meinen Gott ansah, auch nur ein einziges Mal in ihren Armen gehalten und glücklich gemacht hatten. Ich hätte ein ganzes Leben der Freude darum gegeben, um wenigstens einmal diese Befriedigung haben zu können. Ich war wirklich unglücklich! Und niemals würde mir dieses ungeheure Vergnügen zuteil werden, neben dem alle anderen verblassen.

Dennoch hätte ich nie gewagt, ihm von alledem ein Wort zu sagen. Ich wäre vor Scham gestorben, bevor ich den schrecklichen Satz ausgesprochen hätte. Doch was kommen mußte, kam. Eines Abends hatten wir alle zusammen gespeist, und unser Freund war mit von der Partie. Alle hatten wir getrunken, und zwar viel. Bei der Rückkehr ins Quartier wurden mehrere von uns schrecklich krank. Die Soldaten schliefen nicht mehr mit uns zusammen, sondern in einem Saal nebenan. Unsere 8 oder 10 Betten verloren sich in dem riesigen, dunklen Raum, der nur von einer ganz kleinen Lampe erleuchtet wurde, die mitten in der Nacht erlosch.

Wir waren mehr oder weniger erregt und tollten bis in die tiefe Nacht herum. Auch der Quartiermeister, der in einem kleinen Nebenzimmer schlief, war sternhagelbetrunken und schnarchte fürchterlich. Mein Bett stand in dem dunkelsten Winkel, dem des jungen Unteroffiziers gegenüber, der sich ebenfalls infolge des starken Weines, den er getrunken hatte und an den er aus vielen Gründen nicht gewöhnt war, in fröhlicher Stimmung befand. Meine Kameraden schliefen schon, als wir immer noch nicht ausgekleidet waren. Endlich entschloß ich mich, zog meine Uniform aus, schlüpfte in mein Batisthemd und huschte in mein Bett, auf das ich meinen jungen Freund sich hatte setzen lassen. Voller Erregung und berauscht vom Wein und vom Lärm, den wir gemacht hatten, überschüttete ich ihn wie zum Spaß mit den zärtlichsten Liebkosungen und schmeichelhaftesten Worten. Ich lag halb in den Kissen, das wir in unserem Bett behalten durften. Er war halb ausgezogen *und saß auf meinem Schoß, an mich gelehnt.* Ich sprach wie im Entzücken zu ihm, wie in einem Halbrausch, verursacht durch die Müdigkeit und die Wärme des Bettes, als er sich ganz zu mir herabbeugte, *mich mit seinen beiden Armen umschlang und mein Gesicht mit Küssen bedeckte; gleichzeitig steckte er die Hände unter die Decke und ergriff mit beiden Händen mein Fleisch.* Ich fühlte mich dem Tode nahe, und zugleich erfaßte mich plötzlich eine ungeheure Freude. *So blieben wir einige Zeit in der Wärme des Bettes, den Kopf aneinander gelehnt, mit flammenden Wangen, mein Mund auf seinem.* Nie war ich so glücklich.

Die auf der Erde stehende Lampe gab nur ein verschwommenes Licht ab in dem riesigen Schlafsaal, in dem in weit entfernt stehenden Betten meine Kameraden schliefen, und ließ den Winkel, in dem wir uns in unserer Verzückung befanden, in tiefster Dunkelheit.

Dennoch hatte ich Furcht, es könnte uns jemand sehen, und da ich mich der Hingabe meines Freundes vollkommen zu erfreuen wünschte, gab ich ihm einen Kuß und flüsterte ihm ins Ohr:»Lösch die Lampe aus und komm zurück, aber schnell!« Er erhob sich zitternd und trank aus dem Krug, der neben der Lampe auf der Erde stand; sachte löschte er das kleine Flämmchen aus, das schon von selbst erstarb. Der Schlafsaal wurde nur noch von der Lampe des Nebensaales erleuchtet, das heißt, man sah wohl ein wenig in der Mitte des Saales, doch alles übrige war in tiefstes Dunkel getaucht.

Ich sah im Halbdunkel, wie er zu seinem Bett zurückkehrte, das meinem gegenüberstand. Ich hörte, wie er sich sehr schnell entkleidete und, seinen Atem anhaltend, wieder zu mir zurückkehrte. *Diese wenigen Sekunden erschienen mir wie eine Ewigkeit, und als ich spürte, wie er neben mich in die Bettwärme huschte, umschlang ich ihn, streichelte ihn und küßte ihn voller Glut, schrie fast vor Freude und Verlangen. Er erwies sich als leidenschaftlicher Liebhaber, in unserer Nacktheit bildeten wir schnell einen einzigen

Körper, hielten uns engstens umschlungen. Niemals hätte ich geglaubt, daß man solche Wonnen genießen kann. Unsere Lippen vereinigten sich in unseren Mündern, wir hielten uns so fest, daß wir kaum atmen konnten. Mit meinen Händen fuhr ich über diesen schönen und so heftig ersehnten Körper, über diesen hübschen, männlichen Kopf, der so ganz anders war als meiner. Schließlich fanden unsere Wonnen ein Ende, und was uns am meisten erfreute, war, daß wir zur gleichen Zeit den Höhepunkt erreichten. Lange blieben wir umschlungen liegen, sagten uns einander Schmeicheleien und süße Worte. »Ich habe nie ein solches Vergnügen bei einer Frau gefunden«, sagte er mir, »ihre Küsse und Liebkosungen sind nicht so heiß und leidenschaftlich«.* Diese Worte erfüllten mich mit Freude und Stolz! Endlich hielt ich ihn also in meinen Armen, diesen so heiß ersehnten Mann, und was für einen netten Mann! Jede Frau würde mich darum beneiden.

Endlich trennten wir uns mit dem Versprechen, uns immer zu lieben und möglichst immer zusammenzubleiben.

Am nächsten Morgen, als wir aufstanden, wagten wir nicht, uns einen Blick zuzuwerfen: für den Moment war unserer tollen Lust die Scham gefolgt, die frische Morgenluft hatte uns vollständig ernüchtert. Den ganzen Vormittag über wechselten wir nur wenige Worte miteinander, doch am Abend, sobald wir im Bett lagen und uns allein in der tiefen Dunkelheit befanden, erfaßte mich das Verlangen von neuem, ich hielt den Atem an, erhob mich und suchte ihn auf. Er war noch wach und erwartete mich, wie er sagte.

Diese Nacht der Leidenschaft kosteten wir in voller Länge aus, und ich glaube, daß niemand verliebter und leidenschaftlicher sein kann, als wir es waren. Wir wurden von Wonneschauern geschüttelt, waren wie von Sinnen, und meine Liebkosungen weckten in ihm solche Lust, daß er sogar meinen Fuß nahm und wie wild küßte.

In dieser Nacht schwand auch der letzte Rest von Zurückhaltung, und von da an verbrachten wir fast alle Nächte gemeinsam in einem Bett, um uns zu umarmen und zu liebkosen. »Was für hübsche Wangen du hast«, sagte er zu mir, »sie sind weicher als die der Frauen, und Füße hast du, die man für die eines Kindes halten könnte.« Diese Reden erfüllten mich mit Freude; ich wünschte nicht mehr, Weib zu sein, denn ich fand diese schreckliche Leidenschaft genußreicher und amüsanter und dem überlegen, was die bekannte Liebe bieten konnte, die mich überhaupt nicht reizte.

Ich faßte eine solche Zuneigung zu diesem schönen jungen Mann, daß ich ihn bald mehr liebte als alles auf der Welt und nur noch für ihn Gedanken hatte. Ich wollte ihn schön und gut gekleidet sehen; ich ließ ihm eine schöne Uniform auf meine Kosten machen und wollte ihn, wie gesagt, hübsch parfümiert und schön gekleidet sehen. An Geld fehlte es mir nie, und ich gab es für ihn mit vollen Händen und ohne Bedauern aus. Zuerst wollte er nichts von mir annehmen, doch bald drängte ich ihn anzunehmen, was ich ihm gab. Er verlangte nie etwas, doch ich wußte, wessen er bedurfte, und verstand es, allen seinen Wünschen zuvorzukommen. Ich wünschte, er solle mit uns essen, doch er wollte nicht, um meinen Kameraden nicht lästig zu fallen und damit nicht irgendein Schlaukopf unsere allzu große Freundschaft erraten könnte. Ich mied meine Kameraden soviel als möglich und suchte Vorwände, mich von Ihnen fernzuhalten und an ihren Amüsements nicht teilzunehmen. Ich hielt mich von ihnen fern, während sie spazieren oder ins Theater gingen; ich schloß mich in das möblierte Zimmer ein, das ich in der Stadt gemietet hatte und wo mich mein Freund vor allem sonntags und an den Festtagen aufsuchte. Dort fanden feine Diners und hübsche Soupers zu zweien statt, und fast alle endeten in derselben Weise.

Der Gedanke an meinen Freund hielt mich unaufhörlich gefangen und verließ mich nie; ich hätte ihm alles geopfert. Und doch erfreuten wir uns aneinander in der unschuldigsten Weise, das heißt in der am wenigsten verbrecherischen Weise.

Er war nicht an die feinen Parfüms und wohlriechenden Wasser gewöhnt, in die ich mich tauchte; und obwohl er sehr reinlich war, verstand er sich doch nicht auf Raffinements dieser Art, die ihn nichtsdestoweniger entzückten. Nach der Mode trug ich Nachthemden aus Seide, die schön dufteten und sich weich anfühlten. Das starke Essen und die guten Weine, mit denen ich ihn ernährte, wirkten ebenfalls mächtig auf diese Natur, die sich nicht auf das raffinierte und sanfte Leben verstand, dessen ganzes Behagen aber deutlich fühlte.

*Wenn er mich in meinem Zimmer aufsuchte, fand er mich meistens im Bett. Er küßte mich und sagte dabei:»Gott, was für eine hübsche Frau wärest du! Aber gleichviel, du bist ja meine kleine Frau!« Und Liebesgeflüster erfüllte den dunklen Raum, unablässige Liebkosungen, glühende Küsse auf dem großen Bett, das mit einem weichen, weißen Tuch bedeckt war, das ich von zu Hause mitgebracht hatte. Es war so ganz anders als das graue und harte Bettuch der Soldaten.

Ein besonders großes Vergnügen bereitete es uns, wenn wir sonntags und an Feiertagen die warmen Bäder dieser lieblichen Stadt aufsuchten. In einem Raum standen zwei Wannen, deren Wasser wir mit Duftstoffen parfümierten. Oft saßen wir zu zweit in einer Wanne und blieben dort lange Zeit, in dem warmen Wasser eng umschlungen.*

Mein Freund hatte sich so an mich gewöhnt, daß er mich ebensowenig entbehren konnte wie ich ihn. Er war niemals so geliebt worden und hatte noch nie all die Freuden genossen, die ich ihm bot. Wir machten sogar Ausflüge im Wagen in die Umgebung der Stadt; er führte mich durch die vom Mond beschienenen Felder, und wir erfreuten uns des vollkommenen Glücks.

Er wollte mir auch seine Freundschaft zeigen und mir beweisen, daß er an mich ebenso dachte wie an sich selbst. Eines Tages sprang er bei einem unserer Regimentsmärsche über einen sehr breiten Graben, um mir eine Weintraube zu pflücken, nach der ich Verlangen trug; kurz, niemals sind wahre Liebende so glücklich gewesen und haben eine größere Leidenschaft im Herzen getragen, als es die unsrige war. Die schreckliche und verfluchte Glut, die seit meiner Kindheit in mir brannte, hatte endlich ihren Weg gefunden und ein unschuldiges Wesen, das für seine Fehler nichts konnte und das allein meine verdammte Leidenschaft angesteckt und vergiftet hatte, mit sich fortgerissen. Ich habe mir oft Vorwürfe gemacht, einen jungen Menschen, der vielleicht von diesen Leidenschaften keine Ahnung hatte, auf solche Abwege getrieben und durch mein Beispiel demoralisiert zu haben. Dennoch dachte ich damals an nichts und fand mein Betragen nicht tadelnswert. Erst später haben mich die Gewissensbisse gepackt und habe ich meinen und seinen Fehltritt bitter bereut.

Unsere Militärzeit näherte sich fast ihrem Ende, und – was ich ein Jahr zuvor nicht für möglich gehalten hätte – ich sah mit wahrhaftem Schrecken den Augenblick meiner Abreise kommen. Der Gedanke, mich für lange Zeit, vielleicht für immer, von meinem Freund trennen zu müssen, war mir unerträglich, und oft weinten wir nachts zusammen darüber. Er hatte noch mehrere Jahre zu dienen und sah mit Schmerzen den Augenblick kommen, wo er allein und einsam da zurückbleiben würde, wo er einen Freund gehabt hatte, der so leidenschaftlich an ihm hing.

Ich will Ihnen nicht erzählen, was wir damals alles litten, auch will ich Ihnen nicht von den Tagen sprechen, die unserer Abreise vorausgingen. Ich hatte meine Kameraden in der letzten Zeit stark vernachlässigt, und obwohl sie nichts ahnten, sahen sie doch mit Verdruß, daß ich ihnen einen jungen Mann vorzog, den sie nicht für ebenbürtig erachteten.

Endlich kam der schreckliche Tag; wir sagten uns in unserem Zimmer Lebewohl, in dem wir so schöne Stunden erlebt hatten, und ich schob meine Abreise auf, um mich noch ein letztes Mal meines teuren, geliebten Freundes erfreuen zu können. Ich ließ ihm alles da, was ich an Geld besaß, gab ihm mehrere Souvenirs, wobei ich ihm nahelegte, mir so oft wie möglich zu schreiben. Er versprach es mir, und ich reiste endlich ab.

Bei meiner Rückkehr ins Elternhaus empfand ich eine schreckliche Leere, die Familiengewohnheiten erschienen mir unerträglich. Alle bereiteten mir den liebevollsten Empfang, und ich wurde auf die zärtlichste Weise verhätschelt. Meine Nerven waren wie gebrochen, eine unbesiegbare Melancholie hielt mich beständig in ihrem Bann. Ich hatte Nerven- und Fieberanfälle, die so stark wurden, daß man mir für einige Zeit Luftveränderung anriet und ich mich nach dem Süden Italiens begab. Alles war umsonst, mein einziger Trost waren die Briefe, die ich von Zeit zu Zeit erhielt.

Doch zu Ende des dritten Monats kam ich wieder vollständig zu Kräften und begann von neuem, mich mit Malerei und Literatur zu beschäftigen, die mich sehr interessierten. Das Bild meines Freundes verblaßte bald und verlor all seinen Zauber und seine Lebendigkeit. Er schrieb mir noch einige Male, doch ich antwortete in immer längeren Abständen und mit immer kühleren Briefen. Bald hörte er auf, mir zu schreiben, und ich war darüber nicht allzu böse. Sechs Monate nach meiner Abreise wechselte sein Regiment die Garnison, und er wurde von einem betrunkenen Kameraden, der wegen des Dienstes einen Streit mit ihm gehabt hatte, durch einen Pistolenschuß getötet. Er starb sofort auf der von Fichten gesäumten Landstraße, die sich von der Stadt zur Festung erstreckt. Sein Mörder wurde zu lebenslänglicher Zwangsarbeit verurteilt. Ich habe den Tod nicht bedauert, den ich durch die Zeitungen erfuhr und dessen Einzelheiten mir von einem Unteroffizier, den ich später kennenlernte, mitgeteilt wurden. Die allzu leidenschaftliche Freundschaft, die ich für ihn empfunden hatte, hatte sich von selbst verzehrt, und es blieb davon nichts weiter übrig als die Asche. Ich hätte kein Vergnügen daran gefunden, ihn wiederzusehen, und hätte mich nur für ihn und für mich geschämt.

Die Erde wird dieses Geheimnis bewahren, und nur diese Seiten werden es Ihnen bekannt machen. Ich habe die reine und einfache Wahrheit gesagt, es steht Ihnen frei, es zu glauben oder nicht. Die Sache wird Ihnen wie ein Roman erscheinen, aber sie ist dennoch wahr.

Ich lebe noch immer einsam, »jungfräulich«, da ich keinen Geschmack an dem Leben finde, von dem ich keinen Genuß habe. Das Verlangen nach dem Manne verfolgt mich noch immer, doch da ich keine Gelegenheit habe zu straucheln, werde ich so gut wie sicher nicht mehr in den schrecklichen Irrtum meiner Sinne zurückfallen. Ich werde keine Familie und niemals Kinder haben; jedermann ist überrascht, mich in meinem Alter, mit meinem Aussehen und in meiner Lage traurig und düster zu sehen. Würden Sie, mein Herr, diese Verwunderung teilen, wenn Sie mich kennten? Ich glaube es nicht. Alle quälen sich, um die Ursache meiner Traurigkeit, meiner Verzweiflung in Erfahrung zu bringen. Ich habe mich fast von der Welt zurückgezogen und lebe zur großen Verwunderung aller in fast vollkommener Einsamkeit. Meine Gesundheit wird bedeutend schwächer, was ich mit Vergnügen bemerke, denn obwohl ich den Tod fürchte, möchte ich doch schon tot sein.

Verzeihen Sie, mein Herr, diese so schrecklich geschriebenen Seiten, ich lese sie nicht noch einmal durch, denn wenn ich es täte, würde ich sie nicht abschicken. Verdiente eine so schreckliche

Krankheit der Seele nicht, von dem größten Sammler menschlicher Dokumente unserer Zeiten beschrieben oder wenigstens doch gekannt zu werden? Ich weiß nicht, ob Sie etwas mit der schrecklichen Leidenschaft anfangen können, die ich Ihnen gebeichtet habe; auf jeden Fall bin ich zufrieden, sie Ihnen mitgeteilt zu haben. Wenn das Elend, das mich zu Boden drückt, in den erhabenen Schilderungen des menschlichen Elends einen Platz finden kann, verehrter Meister, schildern Sie mich bitte nicht allzu gräßlich. Ich lebe mit dem Tode in der Seele und habe hier auf Erden keine Freude mehr zu erwarten. Ich fühle mich schuldig und von einem schrecklichen Verhängnis betroffen, dem ich nicht entfliehen kann. Bin ich nicht genug gestraft? Ich hoffe, selbst wenn Sie mich nicht kennen, werden Sie sich einer solchen Indiskretion gegen mich nicht schuldig machen.

Seit fünf Stunden schon schreibe ich, und vor Müdigkeit fällt mir die Feder aus der Hand. Wenn ich Ihnen mit diesen Zeilen in irgendeiner Weise nützlich sein kann, werde ich die Zeit nicht bedauern, die ich gebraucht habe, Ihnen zu schreiben - wenn da nur nicht das gräßliche Motiv wäre, das mir die Feder in die Hand gedrückt hat.

Nachschrift – Zweites Dokument

IV. Neue Bekenntnisse

Ich habe heute morgen die gestern abend geschriebenen Seiten noch einmal durchgelesen. Ich habe sie nur überflogen und war versucht, sie ins Feuer zu werfen; ich habe es nicht getan, denn sicher hätte ich es nachher bereut. Diese Seiten könnten irgendwelches Interesse für Sie haben; und da ich Ihnen nicht bekannt bin, werde ich nie zu erröten brauchen, sie geschrieben zu haben.

Aus diesem Grunde will ich noch eine Lücke ausfüllen, die ich bewußt aus falscher Scham gelassen habe, die aber Ihrem scharfen Auge sicherlich nicht entgangen wäre. Da ich soviele Greuel gebeichtet habe, kann ich wohl auch andere beichten und mich Ihnen ganz so zeigen, wie ich bin.

Ich hatte Ihnen diese ziemlich schmutzige Erzählung ersparen wollen, doch Sie würden gewiß nicht verstehen, daß ein vollkommen unberührter Jüngling von neunzehn Jahren mit so leichter Mühe einen Mann von fünfundzwanzig verführen konnte, der bereits mehrere Frauen kannte – eine Sache, die mir völlig unbekannt war und ist und die ich auch gar nicht kennenlernen möchte.

Obwohl ich moralisch höchst verderbt war und seit meiner frühesten Jugend von den raffiniertesten Ausschweifungen träumte, verlor ich doch meine sogenannte Unschuld erst im Alter von 16 Jahren. Bis dahin hatte ich mich mit eingebildeten Ausschweifungen und einsamen Genüssen begnügt.

Mein erster Lehrer war ein Freund des Hauses und Jugendfreund meines Vaters ein ehemaliger Kavalleriehauptmann aus Piemont, der alle Kriege in Italien mitgemacht und – so erzählte man – tapfer gegen die Österreicher gekämpft hatte. Er galt für einen vollendeten Wüstling, und man erzählte sich heimlich, er hätte lange Zeit mit einem jungen Manne zusammengelebt und ihm geholfen, drei Viertel seiner Erbschaft aufzuzehren. Dieser Hauptmann lebte von seiner Pension und von zahlreichen Geschäften mit Pferden.

Er war viel gereist und hatte sich lange in Ungarn aufgehalten. Obgleich von niederer Herkunft, verkehrte er doch in den besten

Kreisen. Die Damen konnten ihn nicht leiden wegen der geringen Achtung, die er ihnen in seinen Reden und Bewegungen bewies; die Männer, namentlich die Sportler, empfingen ihn mit offenen Armen.

Er besuchte uns manchmal, gab aber zu Anfang kaum acht auf mich. Dennoch fühlte ich mich zu ihm hingezogen und bezeigte ihm viel Sympathie. Er war ein sonnenverbrannter Mann von ungeheurer Größe, von einem Körperbau, der unzerstörbar schien; nur die Muskeln traten hervor, die die Stelle des Fleisches einnahmen, das nicht zu existieren schien. Er war für mich der Typus des alten Haudegen in einem Panzer aus Eisen, und ich habe ihn nie ansehen können, ohne an eine der Gestalten in »Ivanhoe« zu denken. Sein Kopf war prächtig, mager, braun wie der eines Mulatten, mit einer großen, krummen Nase, die leicht nach links geneigt war; seine schwarzen, eingesunkenen Augen schimmerten in seltsamem Glänze; sein langer, schwarzer Schnurrbart ließ einen breiten, spöttischen Mund mit dicken, braunen Lippen und starken, weißen Zähnen sehen. Der riesige Kopf war fast vollständig kahl und nur hinten und an der Seite von einem schwarzen, struppigen Haarkranz bedeckt. Seine Hände standen im Einklang mit seiner Person, die Stimme war rauh und tief, die ganze Gestalt athletisch; seine Kraft herkulisch. Mit seinen beiden Händen zerbrach er ein Hufeisen. Er hatte eine Art, die Leute anzusehen, daß man die Augen zu Boden schlug; auch schonte er niemand.

Mir gegenüber erlaubte er sich die größten Vertraulichkeiten, kraulte mich am Kinn, und wenn er mir auf dem Korridor begegnete oder ich ihn zur Tür begleitete, kniff er mich oder streichelte mich lange, selbst in Gegenwart meines Vaters, der darin nichts Böses sah.

Wie ich Ihnen bereits sagte, kannte ich damals alles nur vom Hörensagen; ich zitterte vor Verlangen, endlich selbst etwas kennenzulernen, und mein Blut geriet in Wallung, wenn dieser Mann mich berührte. Eines Tages, als er meinem Vater von den Wunden sprach, die er im Kriege erhalten hatte, wollte er uns eine Narbe zeigen, die er am Schenkel hatte und für die er sich gerächt hatte, indem er dem deutschen Soldaten, der sie ihm beigebracht hatte, den Schädel spaltete. Er knöpfte seine Hose auf und zeigte uns zu meiner großen Freude ein riesiges, bronzefarben leuchtendes Bein voll schwarzer, harter Haare, das von einer breiten, rosigen Schmarre durchschnitten wurde, die mir inmitten des dunklen Fleisches und der sie umrahmenden braunen Haare sehr hübsch erschien. Ich versuchte mehr zu sehen von dem, was er unter dem Hemd verbarg, sah aber nichts als das dichte, schwarze Gestrüpp, das mich heftig verwirrte.

Ich fühlte keine Zuneigung zu diesem Mann, doch er erschien mir so männlich, daß ich lebhaft wünschte, ihm anzugehören, und wenn es auch nur für einige Augenblicke wäre. Wenn er mich nach jenem Tage ansah, wurde ich davon immer sehr aufgeregt; ich errötete, und wenn er mich berührte, zitterte ich vor Lust. Noch heute, da ich diese Zeilen schreibe, fühle ich dieses Gefühl wieder in mir erwachen, das ich gern ersticken möchte, und ich fühle, wenn er in diesem Augenblick hier wäre, würde ich mich ihm hingeben.

Als ein an solche Abenteuer gewöhnter Mann erkannte er, welchen Vorteil er aus meiner schönen Jugend und aus dem Zauber eines als Junge verkleideten Mädchens, das ich ja eigentlich war, ziehen konnte. Er lud mich ein, mir Pferde anzusehen, die in seinem Stalle standen und die, wie ich glaube, nach einem fremden Lande verschickt werden sollten. Ich ging dorthin, erfüllt von dem Wunsch nach einem Abenteuer, durch das ich endlich etwas erfahren und mich meiner Neigung überlassen könnte, die, noch niemals befriedigt, ungeheuren Umfang angenommen hatte und mir keine Ruhe mehr ließ. Nach der Besichtigung der Pferde, die ich sehr bewunderte, obwohl ich nichts davon verstand, ließ er mich in seine Wohnung hinaufsteigen, die aus einem Salon, einem Schlafzimmer und einem Ankleidezimmer bestand. Sein Bursche besorgte den Dienst und eine alte Zugehfrau half ihm.

Als ich in das rauchige, nach Stall und Zigarren duftende Zimmer trat, in welchem alles herumlag, war ich wie benommen. Das Verlangen hatte mich in so heftige Aufregung versetzt, daß ich fast erstickte und fühlte, wie mir die Beine erstarrten. Ich habe jetzt noch häufig dieses gleichzeitig grausame und köstliche Gefühl.

Er ließ mich auf einem Sofa neben sich Platz nehmen, streichelte mich, lachte mit gezwungener Miene und sah mich mit so seltsamen Augen an, daß ich Angst bekam und gleichzeitig davon entzückt war. Ich wußte nicht, was ich sagen sollte, ich schämte mich und war rot wie eine Pfingstrose. Er drückte mir die Hände, nahm mich auf seine Knie, fing an, mich auf das Ohr zu küssen, wobei er mir so leise etwas zuflüsterte, daß ich es nicht verstand. Dann schwiegen wir beide, ich saß unbeweglich auf seinen Knien, während er fortfuhr, mir die Wangen und den Hals zu küssen. Ich fühlte mich vor Glück dem Tode nahe, denn nie hatte ich eine solche Wollust empfunden. Er erhob sich endlich, wobei er zu mir sagte: «Willst du? willst du?«, und er sprach diese Worte in so heiserem Tone, daß er mir fast Furcht einflößte. Ich antworte nicht, so verwirrt war ich.

Er erhob sich plötzlich, verschloß die Tür, schloß auch die Fensterläden und kam dann zu mir zurück, der ich vor Verlangen, Scham und Furcht keuchte. Er entkleidete mich im Nu, während er mit seinen Händen über meinen ganzen Körper fuhr, zog mich bis auf Strümpfe und Stiefel aus, warf das Hemd beiseite und trug mich wie ein kleines Kind zu seinem Bett. Im Nu war auch er vollkommen nackt und lag neben mir, der ich wie in einem Traum befangen war und mir meiner Gedanken und Handlungen nicht mehr bewußt war.

Er legte sich auf mich, keuchend und stöhnend, umfing mich so heftig mit seinen Armen, daß er mir fast den Atem nahm, und fing an, sich auf mir zu bewegen. Er hatte ein riesiges Glied, mit dem er mich aufs angenehmste liebkoste. Dabei leckte er an meinen Ohren, drang mit seiner Zunge in meinen Mund und streichelte meinen ganzen Körper mit seinen Händen. Mit gebrochener Stimme sagte er süße und törichte Dinge. Als er seinen Samen vergoß, überströmte er mich förmlich und hörte dabei nicht auf, sich zu bewegen, und stöhnte wie ein Stier. Unterdesen hatte auch ich eine große Menge Samen vergossen. Noch lange lagen wir erschöpft aufeinander, wie miteinander verschmolzen. Wir hatten Mühe, uns von einander loszumachen. Ich empfand in diesem Moment nicht mehr die geringste Scham, und auch er schien vollkommen glücklich zu sein. Vor Vergnügen und Befriedigung stieß er lange Seufzer aus.

Als wir uns gewaschen und sorgfältig angekleidet hatten, sah ich mich im Spiegel; ich war betroffen von der seltsamen, fast erschreckenden Schönheit, die ich in diesem Augenblick besaß. Mein Gesicht war purpurfarben, meine Lippen rot wie Blut, meine Augen strahlten im schönsten Glänze. Ich war stolz auf mich und das Vergnügen, das ich gegeben, und auf das, das ich empfangen hatte. Ich empfand für den Hauptmann fast Dankbarkeit und betrachtete mich als ausschließlich ihm angehörend. Er nahm mir das Versprechen ab, ihn oft zu besuchen, was ich von ganzem Herzen tat. Ich hatte nie glänzendere und glücklichere Tage gehabt, und es war mir, als finge ich erst jetzt an zu leben.

Danach habe ich ihn oft besucht. Wir speisten zusammen in einem Restaurant und schlossen uns dann für viele Stunden in seinem Schlafzimmer ein. Dieser Mann war ein wahrer Sartyr, und ich glaube nicht, daß es jemals, auch nicht in den schlimmsten Zeiten des römischen Reiches, einen Römer gegeben hat, der soviele Arten der Lust kannte oder erfand. Er sagte nämlich, alle Glieder seien dazu da, Lust zu bereiten, und wie er dachte, handelte er auch. Er dachte sich neue Stellungen aus, gemeinsame rhythmische Bewegungen, ungewöhnliche Verrenkungen. Ich kann gar nicht sagen, was er mir alles beigebracht hat.

Als er mir alles gezeigt hatte, sagte er eines Tages zu mir:»Jetzt mußt du mir vollständig angehören, ich muß dich ganz und gar besitzen.« Nichts verlangte ich mehr, meine Natur trieb mich dazu, und ich lechzte danach, neue und geheime Wonnen kennenzulernen. Bald verstand ich, was er wollte, und diese Art erschien mir ganz natürlich und ich widersetzte mich nicht. Er hatte eine so vollkommene Hingabe von meiner Seite nicht erwartet und gab seiner Freude darüber lebhaften Ausdruck. Er sagte mir, ich sei sein Schatz und er liebe mich so sehr und wolle mir das größte Vergnügen verschaffen, das ich je gekannt hätte. Mit Bangen sah ich auf sein riesiges, voll erigiertes Glied, das er mit einer Creme einschmierte. Ich konnte mir nicht vorstellen, wie dieses gewaltige Ding in meinen weichen, zarten Körper eingeführt werden könnte. Auch mich cremte er ein, und ich erduldete es voller Erwartung und Begierde, obwohl ich Angst hatte. Er legte mich wie gewöhnlich aufs Bett und legte meine Beine so über seine Schulter, daß er mit seinem Glied an meinen Körper kam. Dabei faßte er mich an den Schultern und setzte zum ersten Stoß an. Ich empfand einen so starken Schmerz, daß ich ihn mit einer heftigen Bewegung zurückstieß, und trotz der Anstrengungen, die er machte, um mich festzuhalten, gelang es mir, mich von ihm zu befreien und aus dem Bett zu springen, wobei ich sagte, ich wolle nicht mehr.

Er knirschte mit den Zähnen und behandelte mich sehr schlecht; er flehte mich an, doch ich war unerbittlich. Es war, wie ich Ihnen sage, der körperliche Schmerz, der mich von dem gewalttätigen Akt zurückhielt, nicht etwa die Scham oder ein anderes Gefühl. Ich folgte nur meiner Natur, die mich so gewollt hatte.

Er mußte sich mit den Vertraulichkeiten begnügen, die er sich bereits erlaubt hatte, denn ich wollte ihn nicht mehr in der Weise befriedigen, die ich als so schmerzhaft empfunden hatte und der ich die zarteren Genüsse vorzog, die keine Spuren hinterlassen. Ich wollte später diese Art zu lieben noch einmal mit meinem Freunde versuchen, doch auch diesmal war der Schmerz zu stark, und ich mußte darauf verzichten, obwohl diesmal mit Bedauern.

Übrigens liebte ich meinen Hauptmann sehr, der sich ganz besonders männlich vorkam, da er mich als so zart und hübsch ansah. Oft bat er mich unter Tränen, ich sollte seine Lust auf jede Art und Weise stillen, doch ich wollte nicht. Er hatte großes Vergnügen an mir und sagte oft, daß er mich schönen Mädchen vorzöge. Wenn er mich in den Armen hielt, küßte, herzte und biß er mich. Einmal, als er gerade seinen Samen ergoß, biß er mich so heftig in die Schulter, daß ich noch tagelang die Spur davon zurückbehielt. Niemals habe ich ihn heftiger geliebt als in diesem Augenblick.

Ich hatte nicht geglaubt, daß es einen Mann von solcher Robustheit geben könnte. Ich habe ihn oft in seiner Nacktheit bewundert. Sein Fleisch hatte und hat noch immer die bronzene Farbe, er weist drei oder vier Narben auf, die von Verwundungen herrühren. Er besitzt die Kraft eines Herkules, obgleich er 52 oder 53 Jahre alt ist (was er nicht zugibt, er behauptet nämlich 48 Jahre alt zu sein, was aber nicht stimmt). Seine Männlichkeit ist sehr stark. Er erzählte mir, daß er, sobald er erwachsen war, drei- oder viermal am Tag Verkehr gehabt habe, jetzt noch etwa einmal am Tag. Wenn er seinen Samen ergießt, hat man das Gefühl, überschwemmt zu werden. Er ist dabei von solcher Begierde erfaßt, daß er zittert und wie ein Löwe brüllt. Er braucht sich auch nie einzustimmen, er ist immer und überall bereit.

Ich war sehr eifersüchtig auf ihn, aber nicht so sehr wie auf jemand mit mehr Charme, Anmut und Jugend. Er war mein Lehrer, und wenn ich in anderen Dingen einen solchen Lehrer gehabt hätte, hätte ich nichts zu klagen gehabt. Sein Weggang und eine neue und süßere Liebe einige Monate später entfernten ihn von mir. Ich habe ihn danach noch oft gesehen, und obwohl er jetzt häufig abwesend ist, hoffe ich doch, daß er noch oft wiederkommt, um mich zu sehen.

Danach hatte ich ein Abenteuer mit einem jungen Spanier, der für mich das tat, was ich für die anderen getan hatte. Er folgte mir lange Zeit überall hin, blieb stundenlang unter meinem Balkon und spazierte am Ufer entlang, wenn ich dort war. Ich machte seine Bekanntschaft, und er bekundete mir die leidenschaftlichste Freundschaft. Ich ließ ihn manchmal zu mir kommen, doch er hatte denselben Charakter wie ich, war sehr schüchtern, und da ich an kraftvolle Männer gewöhnt war, faßte ich bald eine Abneigung gegen ihn. Ich habe ihm den Abschied in sehr wenig höflicher Form gegeben und ihn seitdem nicht wiedergesehen. Ich glaube, er ist mit seiner Familie nach Spanien zurückgekehrt.

Eines Tages folgte mir in der Stadt ein Mann. Mein Hauptmann war verreist, der Spanier langweilte mich und ich bedurfte der Zerstreuung. Wir verständigten uns sehr schnell. Ich gab ihm ein Stelldichein in der Wohnung des Hauptmanns, zu der ich den Schlüssel hatte, doch ich wurde des Mannes überdrüssig, der dasselbe Laster wie Ihr Baptiste besaß. Er war kalt und glatt, er war blond, hatte eine schrille Stimme, er war unsympathisch. Ich konnte nichts mit ihm anfangen, so widerwärtig war er mir. Er verschwand so schnell, wie er gekommen war, und ich habe ihn seitdem nicht wiedergesehen.

Das, mein Herr, ist die Beichte, die ich Ihnen ablegen wollte; sie ist beendet. Vielleicht werden Sie mich beklagen, denn es ist ja die Gabe der großen Geister, das Gute und das Böse zu kennen und zu begreifen. Inmitten der Gesellschaft, in der ich lebe und in der ich schon allein durch meine Gedanken einsam bin, empfinde ich eine tiefe Traurigkeit und einen großen Ekel. Ich erwache aus diesem Stumpfsinn nur in den wenigen Augenblicken, wo ich mich meiner tollen Leidenschaft überlassen kann, und diese Augenblicke sind selten, denn ich will niemanden mehr in mein trauriges Geheimnis hineinziehen. Die Damen verhätscheln mich sehr; mehr als eine hat mir Avancen gemacht, die ich stets lächelnd zurückgewiesen habe, doch mit wahrhafter Verzweiflung und unter großem Bedauern. Es gefällt mir gut in der Gesellschaft der Damen, die für mich wahrhaft das sind, was die Damen in »La Curée« für Ihren Maxime waren, dem ich ein wenig ähnle: doch ich bin unglücklicher als er, denn meine Natur hindert mich an der Liebe und läßt mir nur die kalte Ausschweifung, die mir schließlich auch verhaßt werden wird.

Man hänselt mich oft wegen meiner Melancholie und wegen meiner Haltung à la Werther, doch könnte man in meinem Herzen lesen, würde man mich beklagen oder vielleicht über mich lachen. Wie ich Ihnen bereits gesagt habe, habe ich keine Hoffnung hier auf Erden, und alle Freuden der anderen erscheinen mir als ein mir angetaner Schimpf. Ich sollte immer bleiben, was ich bin: ein hübsches, zierliches, parfümiertes, tadellos elegantes, frivoles und in geheimer Seele ausschweifendes Wesen. Ich sage geheim, denn niemand ahnt, was ich bin und was ich tue. Wenn ich sage niemand, so nehme ich davon die drei oder vier Personen aus, die mich wirklich kennengelernt haben; doch da sie meine Schwäche und meine Schande geteilt haben, brauche ich vor ihnen nicht zu erröten, oder wenigstens würden wir zusammen erröten.

Und warum sollte ich mich dessen schämen, was ich getan habe? Hat nicht die Natur den ersten Fehltritt begangen und mich zu ewiger Unfruchtbarkeit verurteilt? Ich hätte ein anbetungswürdiges und angebetetes Weib sein können, eine tadellose Mutter und Gattin, und ich bin doch nur ein unvollkommenes, ungeheuerliches Wesen, das sich wünscht, was ihm nicht erlaubt ist, und seinerseits von denen begehrt wird, die er nur als Freundinnen und nicht als Geliebte betrachten darf. Kennen Sie eine schmerzlichere Qual, und ist mein Fehltritt nicht entschuldbar?

Ich bin überzeugt, verehrter Herr, Sie werden diese Beichte als eines der ungezwungensten menschlichen Dokumente aufbewahren und mir Dank wissen, daß ich sie Ihnen geschickt habe. Ich hoffe, Sie werden sich mit dem begnügen, was Sie über mich erfahren haben, und keine Nachforschungen anstellen, um mehr ausfindig zu machen.

Ich will Ihnen noch sagen, was Sie hinsichtlich meiner Umgebung und des Milieus, in dem ich lebe, interessieren kann[2] .

... wären nicht die Mitgift und glückliche Spekulationen gewesen, so würden wir recht traurige Repräsentanten des Adels sein. Die Heirat meines Vaters erklärt unseren Abstieg und unseren Reichtum. Meine Brüder sind alle verheiratet und haben eine schöne Familie. Ich bitte Gott stets, er möge keines ihrer Kinder mir körperlich oder moralisch ähnlich werden lassen. Ich fühle, daß ich, wenn ich alt werde, in Frömmigkeit verfallen werde, die mir den einzig möglichen Trost bieten wird. Doch es ist mein glühendster Wunsch, nicht alt zu werden und in der Blüte meiner Jugend und Schönheit zu sterben. Wenn ich alt würde, würde ich mich allzu sehr hassen und verachten.

Ich habe diesen schon so langen Seiten nichts mehr hinzuzufügen; ich fürchte, Sie schrecklich gelangweilt zu haben, wenn Sie überhaupt den Mut gehabt haben, bis hierher zu lesen. Gleichviel, ich habe meine Seele ein wenig entlastet und mit einer Art rückschauender Wollust die abscheulichen und glühenden Szenen beschrieben, bei denen ich mitgewirkt habe. Ich brauche Ihnen wohl nicht erst zu versichern, daß an meiner Erzählung alles wahr ist; ich hätte keinen Grund gehabt zu lügen, und Sie selbst werden vielleicht die Wahrhaftigkeit dessen, was ich Ihnen schreibe, erkennen. Ich habe mich, glaube ich, sehr hart behandelt und mir weder körperlich noch moralisch geschmeichelt.

Verzeihen Sie das schreckliche Geschmiere, doch ich schreibe sozusagen mit offenem Herzen, als wenn ich einem Arzte oder einem Freunde beichtete, und deshalb habe ich nicht auf die Form und auf die Orthographie sehen können.

---

[2] Anmerkung des Herausgebers Dr. Laupts: »Ich übergehe hier einige Details, die zu charakteristisch sind und Indiskreten vielleicht erlauben würden, die Identität des Autors dieser Bekenntnisse aufzudecken. Um die Hinweise, die er zu seiner Familie gibt, zusammenzufassen, genügt es, darauf hinzuweisen, daß diese Familie väterlicherseits aus angesehenen und hohem Adel stammt«.

Das, verehrter Meister, hatte Ihnen zu sagen
Einer Ihrer leidenschaftlichsten Bewunderer.

PS. Wissen Sie, mein Herr, was mich getrieben hat, Ihnen hier, wo ich aus Anlaß des Jubiläums des Heiligen Vaters bin, zu schreiben? Es ist die Wut und der Neid, den ich empfunden habe, als ich einen jungen Mann von der vollkommensten und erhabensten Schönheit wiedersah, für den ich einst die edelste Leidenschaft gehegt und zu dem ich nie gesprochen habe und niemals sprechen werde. Ich liebe ihn so sehr, daß ich ihn hasse, und wünschte ihn tot, damit er keinem mehr angehören kann. Haben Sie jemals von einem vergleichbaren Martyrium gehört?

Drittes Dokument

Verehrter Herr!

Ich hoffe, Sie haben das Paket mit den so schrecklich geschriebenen Blättern, das ich Ihnen geschickt habe, erhalten. Ich habe sie mit Vergnügen geschrieben, denn ich bin überzeugt, daß Ihnen eine solche Beichte bei Ihren tiefgehenden Studien über die Menschheit, ihre Krankheiten und ihr Unglück, nur angenehm sein kann.

Ich habe Ihnen während eines traurigen und langweiligen Tages geschrieben, während es in Strömen regnete und die melancholischen Farben sich auf alle Dinge legten. Der letzte Teil dieser Beichte wurde am nächsten Morgen geschrieben, während ein gräßlicher Regen mein Fenster in einem ganz gewöhnlichen und traurigen möblierten Zimmer peitschte.

Was ich geschrieben habe, ist seltsam von meiner Laune und der mich umgebenden Traurigkeit und Langeweile beeinflußt und durchsetzt. Ich habe alle Farben zu sehr in Schwarz gemalt und mich als das gezeigt, was ich bin, aber sicherlich nicht immer bin. Ich bin so und habe diese Melancholie und diese Traurigkeit, die die Grundlage meines Charakters geworden ist, doch ich streife diese Stimmung oft ab und fühle mich nicht immer so unglücklich.

Ich schreibe Ihnen dies nach einem köstlichen Diner in großer Gesellschaft, wo ich zahlreiche Komplimente erhalten habe und wo die schweren Weine und der ganze Glanz eines reichen Hauses Herz und Geist entzückten. Ich will deshalb die Studie zu meiner Person vervollständigen, die ich oft als von der Natur begünstigt betrachte, da sie aus mir ein Wesen gemacht hat, welches die kühnsten Poeten nicht zu schaffen gewußt haben.

Als Mann mit einem herrlichen Körper ausgestattet, besitze ich den Geist, den köstlichen Zauber und den Geschmack der reizendsten Frauen. Ich kann daher zuweilen durch die vereinigten Gaben beider Geschlechter Triumphe feiern, wenn mich auch manchmal das Bedauern fast tötet, weder Mann noch Weib zu sein. Es macht mir Vergnügen, mich mit den verführerischsten Helden der Mythologie zu vergleichen und mir zu sagen, daß Hyazinth, Ganymed und so viele andere reizende Geschöpfe sich in keiner Weise von mir unterschieden und von den schönsten und mächtigsten Göttern angebetet wurden.

Ich habe einen Widerwillen – und zwar den größten – gegen die Frau, doch ich betrachte die Frauen insgesamt als Wesen von meiner Art und unterhalte die lebhafteste Freundschaft zu mehreren von ihnen, die mir ebenfalls die zarteste Freundschaft erweisen und sich vielleicht, ohne ihre Ursachen zu kennen, über meine Zurückhaltung und Unschuld ihnen gegenüber wundern.

Ich stehe in regelmäßigem Briefwechsel mit mehreren reizenden Frauen, die mir oft ihre intimsten Gefühle anvertraut haben und denen ich stets durch eine mehr als ausgelassene Unterhaltung gefallen habe. Mehrere taten, als glaubten sie, ich machte ihnen den Hof, und haben mir ziemlich deutlich Avancen gemacht, doch ich habe sofort Widerwillen gegen sie empfunden und sie mir in angemessener Entfernung gehalten. Ich tue immer so, als wäre ich in eine andere Frau verliebt, und gebe Ihnen Einzelheiten über nur in der Phantasie vorhandene Personen, erzähle ihnen auch alle möglichen Dinge, die ich aus Büchern lerne oder von irgendwelchen Freunden erfahre.

Einmal hat eine verheirate Cousine einige Tage bei uns gewohnt. Sie schlief in einem Zimmer neben meinem, und nur eine Wand trennte unsere beiden Betten, die in den jeweiligen Ecken der beiden Zimmer standen. Nachts schlug sie mit der Faust lachend und scherzend an die Wand zu meinem Zimmer, denn sie war stets sehr lustig und spielte gern das verhätschelte Kind (jetzt ist sie an Meningitis gestorben). Ich zitterte, sie könnte auf den Gedanken kommen, mich zu rufen, und gab vor, sofort einschlafen zu können, indem ich die größte Müdigkeit vorschützte. Ich glaube, ich hätte nackt neben ihr schlafen können, ohne daß auch nur der geringste Wunsch mich gestreift hätte.

Ich kann die größte Sympathie für Damen empfinden – ich sage Damen, denn die anderen erscheinen mir nur als plumpe Tiere –, doch ich kann stets nur ihr Freund und nie etwas anderes sein, während meine Sinne in schrecklicher und mächtiger Weise erwachen, wenn ich einen Mann, der mir gefällt, welcher sozialen Stellung er auch angehören mag, in meiner Nähe spüre, ja selbst nur sehe. Allerdings ziehe ich stets die vornehmen und gutgekleideten Leute, besonders die Militärs, vor.

Gestern, als ich meinen langen Brief an Sie aufgab, wurde ich von dem schönen Gesicht des Postbeamten betroffen – die Römer sind in der Tat sehr schön! Heute habe ich mehrere Briefe abgeschickt, um ihn wiedersehen zu können, und es hat mir gefallen, mit ihm zu sprechen und ihn anzusehen. Er ist wirklich ein schöner Mann.

Ich habe für die Männer eine wahre Leidenschaft, und wenn ich eine Frau wäre, wäre ich in meiner Liebe und in meiner Eifersucht schrecklich.

Glauben Sie nicht, daß ich unter Liebe nur die Ausübung dessen verstehe, was ich Ihnen gestern geschrieben habe; ich glaube, daß es eine schönere und edlere Art zu lieben gibt. Leider werde ich sie niemals empfinden können, denn ein wahrhaft edler und reizender Mann nach meiner Vorstellung würde gewiß nichts von mir wissen wollen, und ich muß mich mit sittenlosen Männern begnügen; allerdings sind sie vielleicht interessanter und besser als die anderen – das ist mein Trost. Dennoch möchte ich jemanden mit schöner und edler Leidenschaft lieben können.

Ich verstehe alle Opfer, die man bringen kann, wenn man wahrhaft liebt, und ich zittre, daß ich dieses Gefühl nicht kennenlernen kann, vor allem aber, daß ich nicht mit der Leidenschaft und der Aufwallung des Herzens geliebt werden kann, mit der ich selbst, das fühle ich, wohl lieben könnte.

Ich fürchte jetzt, daß die Liebe des jungen Soldaten nur eine schlaue Berechnung gewesen ist, ein Mittel, sich meines Geldes zu erfreuen. Vielleicht ist ihm auch meine Person angenehm gewesen; denn ich habe ihn zweifellos etwas empfinden lassen, was er nicht kannte. Ich fürchte, das ist wirklich alles gewesen und er hat kein anderes Gefühl für mich gehabt.

Was den Hauptmann betrifft, so ist er ein Wüstling, den ich behalte, weil ich derzeit nichts Besseres habe, und dem ich aus Gewohnheit angehöre. Vielleicht liebe ich ihn auch mehr, als ich denke. Wenn er fortreist, ärgert mich das, und seine langen Abwesenheiten sind mir sehr unangenehm, obwohl ich keine wahre Liebe für ihn empfinde, wie ich sie bisher nur ein einziges Mal in meinem

Leben empfunden habe und vielleicht nie mehr mit einem so heftigen Ausbruch zärtlicher Gefühle und mit so schrecklicher Eifersucht empfinden werde.

Ich glaube, daß der Hauptmann mich wahrhaft liebt – er sagt es wenigstens. Doch ich habe mehr als einmal beobachtet, daß er sich sehr verändert, wenn die Sache vorbei ist: die Glut und die Leidenschaft, die er mir vorher bezeigt hat, verändern sich sehr, nachdem er getan hat, was er wollte. In der ersten Zeit war es nicht so, und ich glaube, es geht ihm nur um sein Vergnügen. Er achtet nur auf mein eigenartiges Gesicht und auf meine Gestalt, während er sich um mich selbst, das heißt um meine Gefühle und Neigungen, weit weniger kümmert

Im übrigen langweilt er mich sehr. Obwohl er stark ist, und vielleicht weil er so stark und kräftig ist, braucht er sehr lange, bis sein Samen kommt. Ich dagegen ergieße meinen Samen ziemlich bald, und bis er dasselbe tut, komme ich längst wieder zu mir und kann diesen Mann betrachten, der ganz der Leidenschaft unterliegt. Sein Gesicht kommt mir dann wild und gewöhnlich vor; was mir zuvor gefiel, um meine Lust stillen zu können, flößt mir dann Widerwillen und fast Schrecken ein. Ich möchte dann gerne fliehen, doch da ich Lust empfangen habe, ist es nur recht und billig, daß ich ihm dasselbe zugestehe. Das erschöpft mich sehr und ich liege da mit starrem Gesicht, ohne eine Miene zu verziehen. In diesen Augenblicken ist er mir verhaßt. Wenn wir aber gleichzeitig den Samen ergießen, erfüllt mich eine wahre Freude, und an diesen Tagen liebe ich ihn heftig, gebe mich mit Körper und Seele hin, mache alles, um ihm zu gefallen. Einen großen Schmerz bedeutet es für mich, daß ich seinen Samen nicht in meinem Körper aufnehmen kann, was für mich das Höchste wäre. Dieses Verlangen spüre ich ganz heftig in mir und wünsche mir dann glühend, eine Frau zu sein.

Nachdem ich ihm das erste und noch mehrere Male widerstanden hatte, hat er fast darauf verzichtet, mich ganz zu besitzen, wie er es sich wünschte und wie ich es selbst ohne den gräßlichen Schmerz gewünscht hätte, den ich bei diesen Versuchen empfunden hatte, die wegen der ausnehmenden Zartheit meines Körpers zu nichts geführt haben.

Um ihm angenehm zu sein, würde ich wohl ein wenig leiden, doch wenn ich soweit bin – wir haben es drei- oder viermal versucht –, fühle ich nur den Schmerz, und trotz seiner Bemühungen und glühenden Bitten muß ich es abschlagen.

Sie werden vielleicht überrascht sein, daß ich Ihnen mit soviel Leidenschaft von einem Manne spreche, der nicht mehr jung ist, wenn er auch mehrere junge Leute aufwiegt. Ich habe Ihnen von meiner anderen Leidenschaft, die weit stärker war, nicht soviel erzählt. Der Grund ist der, daß der andere nicht mehr am Leben ist und die Sache vier Jahre zurückliegt, während ich noch immer in der Gegenwart lebe und mich ihrer so häufig erfreue. Und dann war ich bei dem anderen verhältnismäßig zurückhaltender, weil ich ihn mehr liebte, und habe nie das getan oder ihn tun lassen, was der Hauptmann mich gelehrt hat und ausführt, und zwar manchmal in recht brutaler Weise, die mich im geheimen entzückt und mich zu allem gefügig macht, was er will. Ich fühle mich so klein neben ihm.

In der Beichte, die ich Ihnen geschrieben und die zu hören ich Sie gewählt habe – wegen meiner Bewunderung für Sie und in der Hoffnung, daß sie Ihnen zu irgendetwas nützlich sein kann –, wollte ich Ihnen nicht von der köstlichen Ausschweifung sprechen, der ich mich mit diesem Manne überlasse. Ich hatte beschlossen, Ihnen nur von jener zarteren Beziehung zu sprechen, die ich im Regiment pflegte, doch in meinem Eifer habe ich nicht dem Verlangen widerstehen können, diese lustvollen Szenen heraufzubeschwören, die ich mit ungeheurem Vergnügen und Verlangen kommen sehe, obwohl ich mich danach oft traurig und gelangweilt fühle.

Die einzige Person, die vielleicht eine wahre Liebe für mich gehabt hat, war der junge Spanier, mit dem ich vielleicht ein Dutzend Mal zusammengewesen bin und der mich bis zum Wahnsinn liebte, während ich nur sehr kühl zu ihm war. Ich fand an ihm eine zu große Ähnlichkeit mit mir selbst. Er war jungfräulich wie ich – obwohl er es nicht zugeben wollte, verriet er es in allen seinen Reden –, und der Mann zog auch ihn mächtig an. Er war zart und nicht schön, obwohl er prächtige, braungrüne Augen hatte, die wie kostbarer Marmor schimmerten.

Einmal hat er mir erzählt, daß er in der Zeit, als er mir folgte, ohne mich zu kennen – das hat mehrere Monate gedauert –, und mich einmal vierzehn Tage nicht sah (ich war damals in Palermo), lange Zeit geweint habe, weil er glaubte, ich sei krank oder tot. Er bewahrte auch ein Oleanderblatt, das ich gepflückt, in das ich hineingebissen und dann zur Erde geworfen hatte, ohne weiter darauf acht zu geben. Er bewahrte es wie eine Reliquie und hat es mir in einem Rahmen unter Glas gezeigt.

Ich habe stets über ihn gespottet und im Innersten ist er mir stets sehr unsympathisch gewesen, wenn ich ihn auch manchmal befriedigen wollte. Ich habe seitdem Angst, jemandem dasselbe Gefühl einzuflößen, und das hat mich geschützt und meine Bereitschaft, mich auf den ersten Blick zu begeistern, gezügelt. Ich bin auch seitdem in Gesellschaft in dem Verhalten meinem Geliebten gegenüber sehr zurückhaltend gewesen, gestatte ihm keine Vertraulichkeit und behandle ihn als mir vollkommen gleichgültiges Wesen. Selbst bei unseren Stelldicheins und in unseren Reden bin ich so und überlasse mich ihm vollständig nur in seiner verschlossenen Wohnung und im Halbdunkel des Zimmers.

Früher war ich nicht so zurückhaltend, doch die Gesellschaft hat mich gelehrt, wie man sich in solch seltsamen und außergewöhnlichen Situationen benehmen muß. Wenn man von ihm spricht, schweige ich oder spreche schlecht von ihm. Oft hat man ihn gegen meine Angriffe verteidigen müssen. Das Schlimmste ist, daß ich in meinen Urteilen aufrichtig bin und das Böse, das ich ausspreche, auch denke. Ich behandle ihn manchmal in Worten sehr schlecht und schrecke nicht davor zurück, ihm in allem, was er sagt, im Beisein anderer zu widersprechen. Dennoch fühle ich, sobald wir allein sind und er sich als der Herr zeigt, meine Überlegenheit schwinden, die sehr künstlich ist, und falle ihm überglücklich, daß ich ihn in seiner Aufregung und Leidenschaft für mich erleben kann, in die Arme. Jedenfalls suche ich seinetwegen keine anderen Zerstreuungen. Mehr als nötig hat ihn die Gewohnheit zu meinem Herrn gemacht; ich trage nur für Augenblicke nach anderen Verlangen, die mir gefallen.

Ich habe Ihnen gestern am Schluß von der Verzweiflung und von der Wut erzählt, die ich empfand, als ich den jungen Mann wiedersah, dessen Schönheit mir stets aufgefallen war. Er ist so schön, daß ich davon ganz bewegt bin, doch ich betrachte ihn mehr wie ein

Kunstwerk als wie einen Mann. Ich beneide wohl die Frau, die er haben wird und die sich seiner wird erfreuen können, doch ich möchte ihn eher zum Geliebten als zum Mann haben: er ist zu vollkommen und muß langweilig werden. Das hindert nicht, daß ich ihn nie ohne Aufregung sehe und heiß von ihm geliebt werden, ihn in meinen Armen halten und sein Liebster sein möchte. Leider ist das unmöglich, und ich muß mich mit dem begnügen, was ich habe – was nicht wenig ist: nicht jeder Mann ist vielleicht so glücklich wie ich. Ich habe leidenschaftlich geliebt, und vielleicht entsprach ich ja dem Bild eines charmanten jungen Mannes in seiner schmucken Männlichkeit; ich habe alle Glut der Eifersucht und der befriedigten Leidenschaft, wenn auch nicht vollständig, so doch in genügender Weise kennengelernt; ich werde in schrecklich heftiger Weise von einem alten Krieger, neben dem viele Männer schwach und klein erscheinen, mit der vollen Kraft der Männlichkeit geliebt; er überschüttet mich mit seiner leidenschaftlichen Zärtlichkeit, und wäre ich seiner nicht ein wenig überdrüssig, könnte ich absolut glücklich sein, daß mein Verlangen so erfüllt wird.

Ich bedaure und werde stets die verkehrte Natur in mir bedauern, die mich an Leib und Seele nicht voll genießen läßt, doch da ich jung, hübsch, reizend und reich bin, tröste ich mich darüber, daß meine Seele ungeheuerlich ist, mit dem Gedanken, daß ich das lasterhafte und anmutige Produkt einer raffinierten und verfeinerten Zivilisation bin.

Ich will Ihnen noch ein wenig von meinem wahren Charakter erzählen, was Sie vielleicht auch interessieren und Ihnen eine vollständige Idee von meiner seltsamen Persönlichkeit geben wird. Ich liebe alles, was schön ist, und fast nichts – in allen Bereichen – ist in meinen Augen schön genug, so sehr liebe ich alles, was außergewöhnlich, teuer und elegant ist. Ich habe in der Phantasie Paläste gebaut, die schöner sind als alle, die bestehen, angefüllt mit Meisterwerken, die ich aus allen Meisterwerken der ganzen Welt ausgewählt habe. Der Anblick eines Kunstwerks, ob es von Natur oder gestaltet ist, hat mich stundenlang in Erregung gehalten, und nachts habe ich davon geträumt.

Die Schönheit ist in meinen Augen alles, und alle Laster, alle Verbrechen scheinen mir durch sie entschuldigt.

Eine der Figuren Balzacs, die mich am meisten entzückt hat, ist der schöne Lucien; ich bilde mir immer ein, daß ich ihm ähnlich sehe, und habe geglaubt, daß die Liebe des schrecklichen Vautrin mehr sinnlicher Natur war, als sich Balzac vielleicht selbst eingestanden hat.

Blumen gefallen mir ungemein, die Treibhausblumen ebenso wie die seltenen, kostspieligen, bizarren Pflanzen; besonders Rosen und große exotische Blumen entzücken mich, sogar in der Malerei. Ich habe eine wahre Abneigung gegen Lilien und alle Wiesenblumen sowie gegen alle, die wild und ohne Pflege wachsen.

In der menschlichen Gemeinschaft liebe ich nur die vornehmen und elegant gekleideten Personen und halte nur sie des Namens Mensch für würdig. Die anderen zählen für mich nicht. Ich mache eine Ausnahme bei den Künstlern, die sich infolge ihrer seelischen Verfeinerung und der Schönheit ihrer Werke eine freiere Haltung gestatten können. Die anderen Leute zählen für mich nicht, und ich habe nur Abneigung gegen sie. Ich ziehe einen prächtigen Hund – einen King-Charles z. B. – allen Arbeitern und Bauern der Welt vor. Die letzteren sind mir verhaßt. Ich mache eine Ausnahme bei einigen der ersteren, wenn sie sehr schön und muskulös sind, was oft vorkommt. Wäre ich eine schöne Dame, hätte ich wohl gern einige von ihnen ausprobiert – wohlverstanden, um sie danach fortzuschicken.

Das Wort Frau erweckt in mir nur Gedanken an Luxus, wappengeschmückte Wagen, Seide und Samt, an weiße und duftende Haut, vollkommene Hände und leichte Sitten. Eine Frau, die zu Fuß geht, erscheint mir erniedrigt und gesunken, und die Frauen aus dem Volke sind für mich etwas Schreckliches, selbst wenn sie schön aussehen.

Ich brauche Ihnen wohl nicht zu sagen, daß ich – obwohl für alles gleichgültig – im Innersten Royalist bin und Könige und Königinnen mir aus einem anderen Material gemacht zu sein scheinen als die übrigen Menschen.

Obwohl nicht überzeugter Katholik und ungläubig, liebe ich den Pomp der Kirche und bin stolz, ihr anzugehören. Ich liebe die reichen Kirchen – namentlich die der Jesuiten mit ihrem Goldschmuck und vielfarbigem Marmor –, auch liebe ich die pomphaften religiösen Zeremonien, die etwas Unbekanntes und Geheimnisvolles in mir erzittern lassen.

Ich habe einen Abscheu vor der Republik und glaube stets – Sie lachen vielleicht –, sie mit schmutzigen und zerlumpten Wesen bevölkert zu sehen.

Ich fühle mich nur in sehr reichen, prächtig ausgestatteten Gemächern wohl – ein Geschmack, den mein Vater mit mir teilt. Er hat wahre Schätze für Kunstgegenstände ausgegeben, besonders für Chinoiserien und für große, prächtige japanische Objekte. Die Zimmerfluchten, in denen sich der Blick in Samt und Spiegeln verliert, entzücken mich. Ich schwärme für Treibhäuser und überheizte Stuben, in denen ich gern im wachen Zustand träume, um geheimnisvolle und sinnliche Bilder heraufzubeschwören.

Stets bin ich eitel gewesen, und ein wahrer Freudenschauer erfaßt mich, wenn ich in unserer Equipage durch das Gitter unseres Gartens fahre und die Leute stehen bleiben, um mir nachzusehen. Ich liebe es, bewundert zu werden, und bin stolz auf meine Schönheit, die ich, soviel es geht, ins rechte Licht zu stellen suche. Ich habe in mir stets Ähnlichkeit entdeckt mit den Büsten der Madame Dubarry – einer als Junge verkleideten Dubarry mit kurzgeschnittenen Haaren. Oft hat man sich über meine Ähnlichkeit mit einer Frau gewundert, und wenn mich das auch manchmal langweilte, fühlte ich mich doch meistens von diesen neugierigen und überraschten Blicken geschmeichelt. Eines Abends vor einer Reihe von Jahren habe ich auf der Rollschuhbahn in Paris Aufsehen erregt. Mehrere Damen glaubten an eine Verkleidung und gaben unzweideutige Beweise ihrer Überraschung; ich war davon entzückt.

In der Malerei ziehe ich die Genrebilder allen anderen vor, besonders wenn sie reiche und moderne Interieurs darstellen. Ich habe übrigens einen wahren Fanatismus für den großen Makart, dessen sinnliche und aufregende Werke mich entzücken. Mein Lieblingsbild ist sein »Tod der Kleopatra«, eine Szene, die ich stets voll Neid bewundert habe.

Zu meinem Charakter gehört eine gewisse Grausamkeit; ich liebe das Leiden eines anderen, besonders wenn ich es verursache. In meiner Kindheit quälte ich oft absichtlich Tiere; ich ging mit dem größten Raffinement zu Werke und empfand dabei selbst einen heftigen Schmerz, der mir gefiel und mich zugleich verzehrte.

Ich bin stets ziemlich anspruchsvoll gewesen, und in der Zeit, als die Geschäfte meines Vaters schlecht gingen, war mir der Mangel an Luxus ganz entsetzlich. Der Luxus ist für mich ein wahres Bedürfnis, ich könnte nicht mit weniger leben. Ich hasse, was gewöhnlich, alltäglich ist, und bewundere in allem das Außerordentliche, das Unmögliche.

Oft habe ich bei Abwesenheit meiner Eltern den ganzen Tag geschlafen. Ich ließ die ganze Wohnung beleuchten und war nachts auf, las und aß im griechischen Gewande, nachdem ich warme, parfümierte Bäder genommen hatte.

Ich male sehr hübsch, besonders Aquarell, und arbeite für die Alben und Fächer der Damen.

Ich bin verschlagen und tückisch und gleichzeitig von zuweilen wahrhaft kindischem Einfallsreichtum. Alle, die mit mir in Berührung kommen, beten mich an, und niemand hat meinem Zauber widerstanden. Ich habe stets die Gefühle der Leute angesprochen, und es ist mir immer gelungen, sie das tun zu lassen, was ich wollte, während andere, die mit dem Verstande zu Werke gingen, nichts erreichten. Ich habe oft festgestellt, daß meine Kameraden und Gefährten wegen Kleinigkeiten oder ähnlicher Vergehen bestraft wurden, während ich dank der unschuldigen und melancholischen Miene, die ich annahm, jeder Strafe entging.

Ich habe stets diejenigen tyrannisiert, die mich liebten, doch ich beuge mich sogleich einer rauhen und gebieterischen Stimme. Obgleich schwach und verweichlicht, hasse ich die Schwachen und liebe nur die Starken, die kämpfen und Erfolge erringen. Ich habe es stets bedauert, die Großen und Mächtigen in ihrer Niederlage nicht trösten zu können; ich glaube, wäre ich Marie Louise gewesen, wäre ich Napoleon nach St. Helena gefolgt. Vielleicht wäre ich nicht derselben Meinung gewesen, hätte ich den Neipperg gekannt und geliebt – trotz seines Glasauges.

Ich bewundere mit Begeisterung – das habe ich Ihnen bereits gesagt – alles, was schön und zierlich ist; aber seltsamerweise gefällt mir die grandiose, rauhe und kraftvolle Häßlichkeit an einem Mann ebenso sehr wie die Schönheit, ja vielleicht noch mehr. Ich habe eine sehr lebhafte und rege Intelligenz, trotz aller meiner Ausschweifungen und Schwächen; ich begreife alles, im Guten wie im Schlechten, und bewundere sowohl das eine wie das andere, wenn es nur nichts Gewöhnliches an sich hat.

Die Arithmetik hab ich – abgesehen von den vier Grundrechenarten – nie lernen können, und ich könnte keine Dreisatzaufgabe lösen, obwohl ich lange Zeit einen Rechenlehrer gehabt habe. Ich verstehe auch nichts von Börsengeschäften, obwohl davon in der Familie viel geredet wurde; jetzt höre ich Gott sei Dank nichts mehr davon, denn es ist nicht mehr nötig.

Ich lerne ein Gedicht, das mir gefällt, in fünf Minuten auswendig, so lang es auch sein mag, kann aber nicht zwei Zeilen einer Prosa, die mir zuwider ist, in den Kopf bekommen, selbst wenn ich Stunden daransetze. Ich spiele ziemlich gut Klavier, obwohl ich nie die Geduld gehabt habe, lange zu lernen. Vorzugsweise spiele ich melancholische Stücke, besonders die von Schubert und Mozart. Ich spiele auch Opern und stelle mir beim Spielen gern die Personen des Librettos und ihre Leidenschaften vor. Mein Lieblingskomponist ist Verdi, für den ich schwärme. In der Literatur ziehe ich die Beschreibungen der Gefühle und den langsamen, unvermeidlichen Fortschritt der Leidenschaften dem unnützen Plunder der Abenteuer vor. Ich wollte Ponson du Terrail lesen, doch ist es mir nicht gelungen, ich finde ihn langweilig und ganz unmöglich.

Der historische Roman »Ivanhoe« ausgenommen, weil ich gerne glauben möchte, daß Rebecca eine meiner Urahnen mütterlicherseits gewesen ist –, gefällt mir nicht; die Romane des älteren Dumas haben mich vor längerer Zeit interessiert, doch ich fand die Zusammenstellung historischer Dokumente und die Memoiren der damaligen Zeit bei weitem interessanter. Ich besitze zahllose Bände über Marie Antoinette, meine Lieblingsheldin, und über mehrere berühmte Frauen. Ich sammle gern ihre authentischen Porträts, sogar die häßlichen, die ich niemandem zeige, um nicht wegen meiner geliebten Heldinnen erröten zu müssen. Diese bewahre ich für mich auf. Ich habe 200 Francs für Bände bezahlt, die mich gar nicht interessieren, nur um einen kleinen Stahlstich zu haben, der die Königin Marie Antoinette auf dem Schafott darstellt, nach einer Zeichnung aus dem Jahre 1793.

Die Geschichte Frankreichs interessiert mich am meisten, obwohl ich, hätte ich eine Zeit und ein Land wählen können, um dort zur Welt zu kommen, Rom zur Zeit der Dekadence, etwa unter Hadrian, gewählt hätte (der Hof Heinrichs III. würde mir auch gefallen). Ich hätte im römischen Gewand hinreißend ausgesehen, und ich habe dieses Kostüm für einen Maskenball gewählt, wo ich mit meinen nackten Armen und Beinen und den entzückenden Sandalen, die meine nackten Zehen und ihre wie Achat leuchtenden Nägel sehen ließen, Furore gemacht habe. Der Hauptmann (ich nenne ihn so, obwohl er es nicht mehr ist) war als Gladiator dort und sah in seinem kaffeebraunen Trikot (er ist an sich schon recht dunkel), das seinen herrlichen Körper in seiner ganzen Kraft zeigte, prächtig aus; die Beine und die Brust waren mit Stahl bedeckt. An diesem Abend haben wir uns von Herzen gefreut.

Ich habe eine wahre Leidenschaft für Tiere, besonders für kostbare Vögel und Hunde, und besitze wunderbare japanische Möpse. Früher schwärmte ich auch für Kinder, jetzt kann ich sie nicht mehr ausstehen und streichle sie fast gar nicht mehr, nicht einmal die, die mir nahestehen.

Neapel ist meine Lieblingsstadt, und wenn ich sie verlasse, so geschieht das mit Bedauern, selbst wenn es nur für einige Tage ist. Neapel ist fast der Orient, mit seinen riesigen Palmen und seiner blauen, in seltsamen Feuern flammenden Reede, die im Bild darzustellen unmöglich sein muß. Neapel von Franzosen mit ihrer verfeinerten Zivilisation bewohnt, müßte göttlich sein; es gäbe keine schönere Stadt auf der Welt. Hätte sie in der Zeit, da sie den Spaniern gehörte, den Engländern gehört, welch ein schönes Paradies wäre sie dann! Aber auch so, wie sie jetzt ist, ist sie prächtig; dennoch wäre sie mir verfeinert noch lieber, dann wäre sie das Paradies Mohammeds.

Ich liebe die Natur nur in ihren wüstesten Einöden, zum Beispiel einen Wald, doch sobald der Mensch sie betritt, wünsche ich dort eine vollendete Zivilisation mit allen Feinheiten und Übersteigerungen. Ich liebe die Parks nach englischer Manier, doch die Gärten von Versailles und Caserta haben mehr Reiz für mich.

Ich brauche Ihnen wohl nicht zu sagen, daß ich für Ihre Werke schwärme, die ich mit Begeisterung gelesen habe, obwohl der Gegenstand der letzten nicht sehr angenehm war. Das Buch, dem ich den Vorzug gebe, ist »La Curée«, in dem ich einige meiner Gefühle wiederfinde und auch die Welt, in der ich fast immer zu Hause war, in der ich geboren bin und in der ich gelebt habe. Auch »Madeleine Férat« machte einen sehr starken Eindruck auf mich.

Mit dem lebhaftesten Vergnügen habe ich heute abend diese Seiten geschrieben. Das Zimmer wirkt sehr angenehm mit seinem brennenden Gas, den warmen Teppichen und dem Lärm des Hotels, das von Menschen wimmelt. Ich bin fast glücklich. Wie lange wird dieser Zustand andauern? Hoffentlich lange Zeit, und ich will nur noch daran denken, mich dessen zu erfreuen, was ich habe, ohne nach etwas anderem zu suchen. Ich habe für mich geschrieben, doch was ich geschrieben habe, sende ich Ihnen. Werde ich Ihnen zu irgendetwas nützlich sein oder habe ich meine Zeit vertan?

Auf jeden Fall bedaure ich diese Stunden nicht. Ich habe mein ganzes Leben mit seinen schrecklichen Schmerzen und seinen schuldhaften und berauschenden Freuden noch einmal durchlebt. Ich glaubte schlafen zu können, doch die auf diesen Seiten heraufbeschworenen Erinnerungen machen mir den Schlummer unmöglich, und ich muß zu meiner Schreiberei zurückkehren, die in wenigen Stunden lange Jahre wieder in mir aufleben läßt. Auch haben mich die Enthaltsamkeit der letzten Wochen und die Reise meines Freundes, der noch nicht von Rückkehr spricht, in seltsamer Weise erhitzt, und ich fühle eine Heftigkeit des Verlangens und der Leidenschaft, die mich hindert, mich einer langen Ruhe hinzugeben. Ich kehre also zu meiner Unterhaltung mit Ihnen zurück, doch sicherlich wird dieses Blatt das letzte sein, das ich Ihnen schreibe, denn sonst, glaube ich, würde ich nie zu Ende kommen und Ihnen zum Schluß ein richtiges Buch schicken, das Sie beträchtlich ermüden würde.

Immer, wenn ich meine, am Ende zu sein, finde ich doch noch etwas, das ich Ihnen erzählen muß. Auch gefällt es mir so sehr, von meiner kleinen Person zu sprechen, daß ich niemals aufhören möchte, mein Bildnis heraufzubeschwören, in dem ich mich hier wie in einem getreuen Spiegel betrachte. Ich kann mir nicht vorstellen, daß man jemals müde werden kann, von sich zu sprechen und sich in den kleinsten Dingen zu studieren, besonders wenn das Wesen, das die Natur in uns geschaffen hat, so außergewöhnlich ist, wie ich es bin.

Ich glaube wohl, daß Sie nach allem, was ich Ihnen geschrieben habe, den Rest meines Charakters, meiner Ideen und sogar meiner Umgebung von sich aus ergänzen könnten, doch da es mir ganz besonderes Vergnügen bereitet, mache ich noch ein wenig weiter, und zwar mehr meinetwegen als Ihretwegen.

Sie werden bereits erraten haben, daß ich Gourmand bin, fast ebenso sehr wie Brillat-Savarin selbst. Ich esse nicht viel, doch ich schwärme für gute Weine, selbst für diejenigen, die mir nicht als solche erscheinen, vorausgesetzt, sie haben einen berühmten Namen und sind teuer. Ich habe eine Leidenschaft für Wildbret; Fasane und alles fasanenartige Geflügel bilden mein Entzücken. Ich liebe seltene und stark riechende Käsesorten. Alle Raffinements der Tafel entzücken mich, und es gefällt mir bei einem Diner nur dann, wenn die Tafel glänzend erleuchtet und die Bedienung tadellos ist. Ich schwärme für türkischen Kaffee und trinke davon beträchtliche Mengen, obwohl stets in kleinen Quantitäten und sehr heiß. Liköre gefallen mir ebenfalls, aber in sehr kleinen Mengen. Ich habe stets von den römischen Orgien geträumt, und eine der Szenen, die mich am meisten entzückt haben, ist die Orgie des Arcabes in »Die letzten Tage von Pompeji«. Ich bewundere diese untergegangene Stadt und durchstreife sie oft, wobei ich ihren toten Zauber und ihr vom Vesuv ersticktes Leben heraufbeschwöre.

Ich hege die größte Leidenschaft für Reiterspiele, die Schönheit der Athleten, ihre Kraft und Formvollendung, hat auf mich stets den lebhaftesten Eindruck gemacht. Dagegen erregen mir die Akrobatinnen und Tänzerinnen im Zirkus nur Mitleid und Ekel.

Ich schwärme für schöne Pferde, doch fahre ich lieber im Wagen spazieren als daß ich aufs Pferd steige, obwohl ich ziemlich gut reite.

Ich verabsäume niemals, die Schauspiele mit wilden Tieren anzusehen, und war immer beim Frühstück und Spiel der Löwen und Tiger zugegen, erfüllt von dem geheimen Wunsch, ein wenig Blut fließen zu sehen. Ich würde einen schönen Tierbändiger allen schwächlichen Poeten dieser Welt vorziehen. In meiner Leidenschaft für den Mann wünsche ich mir an ihm Glanz, Tapferkeit, Kraft und Schönheit – Zartheit gefällt mir wenig an ihm, weil ich selbst so zart bin.

Ich liebe leidenschaftlich das Spiel, je waghalsiger es ist, umso besser gefällt es mir. Ich habe ziemlich viel Glück im Spiel, doch das Geld zerrinnt mir in den Händen und bleibt nie in meinen Taschen. Oft habe ich die – allerdings unbedeutenden – Spielverluste meines Freundes gutgemacht.

Für mich gebe ich wenig aus und fast ausschließlich nur für Bücher, Nippsachen und meine Toilette, die mich sehr interessiert. Ich liebe den strengen und korrekten Chic der Engländer, deren sämtliche Moden, einfache wie ausgefallene, wir nachahmen. Ich liebe Schwarz sehr, das mein hübsches, blondes Gesicht hervortreten läßt, ich liebe blendende Wäsche und elegante, nach der letzten Mode gefertigte Stiefel.

Ich bin von sehr eleganter Gestalt und wirke nicht unbeholfen. Schmucksachen liebe ich bei Männern wenig und trage nur sehr einfache Krawattennadeln, dagegen ist meine Uhr ein wahres Wunder. Am kleinen Finger der linken Hand trage ich einen einfachen Reif aus Eisen mit einem großen Diamanten, den mir meine Mutter geschenkt hat. Mein großer Luxus sind meine Spazierstöcke; ich habe welche von Verdier, die wunderbar sind, besonders einer mit einem Knauf aus prächtigem Bergkristall.

Ich glaube, ich habe Ihnen noch nicht von meinen Händen gesprochen, die wirklich herrlich sind, vielleicht das Schönste, was ich besitze, meinen Teint und meine Haare ausgenommen. Ich bin sehr stolz auf sie, umso mehr, als sie viel bewundert werden und man mir oft gesagt hat, es sei ein Vergnügen, von ihnen berührt zu werden. Ein großer Bildhauer, der unglücklicherweise vor kurzer Zeit gestorben ist und den ich kannte, wollte sie modellieren. Ich habe eine Kopie des Abdrucks in meinem Zimmer auf einem blausamtenen Kissen. Die Form der Hände ist vollendet, obgleich ungewöhnlich: lang, schmal und scheinbar ohne Knoten und Muskeln. Die Finger sind lang, am Anfang breit, enden sie in Spindelform. Obgleich von unerhörter Zartheit und ausnehmender Feinheit, sind sie doch an der Spitze viereckig, und ich muß nach dieser Form meine Nägel schneiden, die übrigens Edelsteinen von leuchtendem und glänzendem Rot ähnlich sehen und nach dem weißen Halbmond alle Nuancen des Rosa aufweisen. Obwohl viereckig, ist ihre Form vollendet, und das Fleisch, von dem sie eingerahmt sind und das trotz ihrer Länge über sie hinauswächst, ist weich und fein wie das Häutchen eines Eis. Während ich Ihnen schreibe, bewundere ich meine Hände, sie sind wirklich sehr schön. Der Daumen ist entzückend, rund mit ovalem Nagel. Die Hand selbst ist wie weicher Samt, auf dem man leichte, kaum merkliche, von den Adern verursachte blaue Schattierungen bemerkt. Der kleine Finger ist zierlich und abgespreizt. Die vorderen Fingerglieder sind auf eine etwas merkwürdige Art eingebogen und von lebhaftem Rosa, das zu dem sonstigen matten Schimmer einen Gegensatz bildet. Der Handteller, den eines Abends eine deutsche Dame studiert hat, die sich mit Chiromantie und Tischrücken beschäftigt, wird von kräftigen, langen und scharfgezeichneten Linien durchschnitten. Diese werden von einer diagonalen, unterbrochenen Linie gekreuzt. Die Dame hat mir diese Linien erklärt, doch ich fürchte auf recht phantasievolle und deutsche Art.

Ich habe die Schönheit meiner Hände und meines Gesichts von meiner Großmutter väterlicherseits geerbt, die sehr schön war und deren Arme und Hände so herrlich waren, daß Canova selbst ihr eines Tages Komplimente darüber machte. Man behauptet, sie sei die Mätresse – wehe, wenn man erfährt, daß ich das geschrieben habe - von ...[3] gewesen, der sonst für unsere Familie nichts getan hat und dem wir vielleicht nur die Form unserer Lippen und unseres Kinns verdanken.

Mein Großvater war in der Ehe unglücklich und starb noch jung, infolge des Kummers, den ihm seine Frau verursachte, die ihn übrigens nicht lange überlebte; sie starb vor meiner Geburt. Wie ich Ihnen bereits gesagt habe, sind meine Brüder sehr kräftig und wohlgebaut, der älteste ist strahlend schön, er ähnelt meinem Vater,

---

[3] Anmerkung Dr. Laupts: Hier folgt der Name eines Königs.

vielleicht ist er nicht ganz so schön wie dieser. Die beiden anderen sind nicht schön, besonders der dritte ähnelt der Familie meiner Mutter, die mir verhaßt ist. Alle sind viel größer und stärker als ich und in sehr kurzem Abstand von einander geboren. Ich bin zehn Jahre nach dem letzten zur Welt gekommen, und zwar nach einer schrecklichen Krankheit meiner Mutter, die sie dem Tode nahe brachte, ich glaube, es war ein bösartiges Fieber. Alle Kinder meiner Brüder sind hübsch, stark und wohlgebaut. Es war auch ein kleines Mädchen darunter, das mir, wie man meinte, erstaunlich ähnelte; sie ist 18 Monate nach ihrer Geburt innerhalb weniger Stunden gestorben, ohne daß irgendein Symptom eines nahen Todes vorausgegangen wäre. Ich hoffe, auch einmal auf diese Weise zu sterben.

Ich bin ansonsten vollkommen wohlgebaut, besitze eine beachtliche Nervenkraft, ein nicht geringes Temperament und Lebhaftigkeit. Manchmal verfalle ich in großen Stumpfsinn, doch erwache ich daraus mit außerordentlicher Freude und einer heftigen Lachlust. Ich schone dann niemanden und werde durch meine Reden, meine Schmeicheleien und Liebenswürdigkeiten, mit denen ich meine Umgebung überschütte, der Liebling aller. Mit einem Mal werde ich schweigsam und traurig, und alle Welt wundert sich über diese plötzlichen und ihrer Ansicht nach grundlosen Veränderungen. Der Ausdruck meines Gesichts, dessen Oberlippe von der Nase durch eine ganz kleine Krümmung getrennt ist, verändert sich wie die Farben des Meeres an einem stürmischen Tage. Die Augen sind fast immer melancholisch und unter ihren langen Wimpern verborgen, man sieht sie kaum. Ihre Farbe ist nicht bestimmbar, sie sind abwechselnd blau, grau oder grün, oft werden sie auch violett.

Man sagt mir, ich hätte eine arrogante und spöttische Miene. In Wahrheit nehme ich oft diesen Ausdruck an, um meine Ängstlichkeit und Verlegenheit vor der Welt zu verbergen, die ich mir auf diese Weise vom Leibe halte.

Ich glaube, es gibt auf der Welt wenige Menschen, die so egoistisch sind wie ich. Für eine meiner Vergnügungen würde ich die ganze Welt opfern, und nur in meinen plötzlichen Leidenschaften verstehe ich, was es heißt, einem anderen ein Opfer zu bringen.

In meiner Familie, die mich stets verwöhnt hat, wundert man sich über meine Kälte, und nennt man mich deswegen oft undankbar. Das hat meinen Vater oft gequält, der mir gegenüber sehr schwach ist und selbst bei ungünstigen Umständen meinen Wünsche und Launen, so außergewöhnlich und nutzlos sie auch waren, nicht widerstehen konnte.

In Wahrheit habe ich nur wenig Zuneigung für sie, und ich habe ihnen das auch in Stunden schlechter Laune gesagt. Den Grund erraten Sie zweifellos. Ich betrachte sie als die – allerdings unschuldige – Ursache meiner verderbten und außergewöhnlichen Natur und kann ihnen nicht verzeihen, mich so geschaffen zu haben.

Ich hege einen schrecklichen Groll gegen sie, doch ich versuche jetzt, dieses schlechte Gefühl loszuwerden, und bemühe mich, ihnen eine große Freundschaft zu bezeugen, die ich manchmal auch wirklich empfinde, wenn ich an all ihre Liebe für mich denke. Ich würde sterben, wenn sie von dem, was ich empfinde und tue, etwas erfahren oder ahnen würden.

Oft haben sie mich grausam verletzt, wenn sie mich wegen meiner vermuteten Abenteuer und wegen der Liebe, die die Damen für mich hegen, aufzogen. Ich habe sie in solchen Augenblicken gehaßt und ihnen in einer sehr harten Weise geantwortet, die sie nur bei mir dulden, während sie auffahren würden, wenn andere es ihnen gegenüber an Respekt fehlen ließen.

Mein Vater geht wenig in die Gesellschaft, sein Haus und die Sorge, es zu schmücken und zu verschönern, beschäftigen ihn ganz und gar, um alles übrige kümmert er sich nicht, außer um seine Enkel, die ihn anbeten und die er leidenschaftlich liebt. Ich bin auf sie sehr eifersüchtig gewesen und konnte sie nicht leiden, jetzt kümmere ich mich sehr wenig um sie.

Ich achte sehr auf meine Gesundheit, obwohl ich mir im Alter von 15 oder 16 Jahren – vor dem Hauptmann – in der Einsamkeit, in der ich mich befand, und infolge der schrecklichen Entdeckungen, die ich an mir machte, den Tod gewünscht habe, ohne zu wissen, was er eigentlich ist. Ich sehnte mich wohl nur nach einer Veränderung in einem unmöglichen und unerträglichen Zustande.

Ich habe dieses Gefühl schnell aufgegeben, als ich das Grauen des Nichts und der Verwesung begriff. Damals verbrachte ich nachts Stunden auf meinem Balkon, fast nackt und bei beträchtlicher Kälte, und dachte daran, mich so zu töten und meinen Leidenschaften zu entfliehen, die damals niemand befriedigte. Doch ich habe mich nicht einmal erkältet und diese Dummheiten sehr schnell gelassen.

Ich habe seitdem gesehen, daß man, solange man lebt, genießen kann, und ich hoffe, noch meine ganze Jugend zu erleben. Vielleicht werde ich, wenn ich ihre Grenzen überschreite, noch weiter leben und 100 Jahre alt werden wollen. Das ist wohl möglich.

Ich dusche häufig und pflege mich soviel wie möglich, um alle meine Kräfte zur Verfügung zu haben im Dienst meiner Leidenschaften und um meinen Herrn zufriedenstellen zu können, der jetzt fern von mir ist und dessen Rückkehr ich mit Ungeduld erwarte. Er schreibt mir oft und erzählt mir von Ungarn, von seinen Pferden und von den Frauen des Landes. Gott weiß, was für Streiche er mir spielt! Wenn er sich nur nicht mit Männern einläßt, das ist alles, was ich will und wünsche. Sein Geburtstag war in den letzten Tagen, und ich habe ihm eine herrliche, prachtvoll ziselierte Reitgerte geschickt. Er schreibt mir auch, daß er trotz der Reise durch die wilden und anstrengenden Länder sehr guter Laune ist und stets eine schöne Photographie von mir vor sich liegen hat. Er sagt, daß er nur an seine Rückkehr denke und oft von mir und meinem Lieblingsparfüm träume. Er sagt auch, daß er nur selten den strengen Gehrock und die eleganten Kragen ablege, die ich ihm »aufgedrängt« habe.

Ich vergaß Ihnen zu sagen, daß ich gern möchte, daß Sie mehr Einzelheiten über die äußere Erscheinung Ihrer Figuren mitteilen. Erklärt das Physische nicht auch das Moralische der Völker und Individuen?

Ich habe eben »Mademoiselle de Maupin« gelesen und bin davon ganz entzückt. Welch schönes Buch und welch schöne, sanfte Verdorbenheit.

Entschuldigen Sie die schreckliche Schrift und alle sprachlichen und orthographischen Fehler, doch meine Seele und meine Leidenschaft rissen mich fort, und ich habe nur auf mich selbst geachtet!

Postskriptum

In dem Hotel, in dem ich mich aufhalte, habe ich die Bekannt-schaft eines Mannes in den Dreißigern gemacht. Das war im Spei-sesaal. Ganz offen versuchte er mich zu locken, ich habe schnell gemerkt, was er wollte. Er ist groß, sieht ganz hübsch aus, ist sehr blaß und elegant, hat lange, dünne Beine. Er ist Mailänder. Wenn ich nur wollte, wie schnell könnte es passieren! Aber würde ich mich nicht nur wieder auf ein ähnliches Abenteuer einlassen? Mein Blut ist in Wallung, und ich fürchte, daß ich der Versuchung nicht widerstehen kann. Wenn er jetzt käme, wäre es schnell passiert – das befürchte ich wohl. Wenn das der Hauptmann wüßte, gäbe das eine schöne Geschichte. Er wäre wohl fähig, mich zu erwürgen. Wir werden uns heute abend sehen. Ich ziehe mich um und gehe hinun-ter zum Diner. Der heutige Abend wird entscheidend sein. Ich mei-ne bemerkt zu haben, daß er schlechte Zähne hat; er hat einen gro-ßen Schnurrbart, der seinen Mund verdeckt. Heute abend wird es sich für mich entscheiden – hoffen wir das Beste! Er wird übrigens bald abreisen, vorausgesetzt, er hängt sich nicht an mich! Es ist wohl unnötig, Ihnen zu sagen, daß ich auf der Post, wo ich meine Briefe aufgebe, einen falschen Namen und eine falsche Adresse angegeben habe. Im übrigen werde ich in einigen Tagen nicht mehr hier sein. Sie werden nichts weiter von mir erfahren. Adieu, mein Herr, und vielleicht: «Auf Wiedersehen«! Die Uhr schlägt, und ich muß wahrhaft eine Schlacht schlagen.

7 Uhr abends

Nachbemerkung des Herausgebers Dr. Laupts:

Es gibt noch ein weiteres Postskriptum. Es handelt sich um eine Postkarte, adressiert an »Herrn Emile Zola, Schriftsteller, Paris«. Dieses letzte Dokument ist interessant, weil es uns zeigt, daß das sehnliche Verlangen nach dem eigentlichen Akt, das lange Zeit durch die Furcht vor Schmerzen gezügelt worden war, nur auf den rechten Moment und die richtigen Umstände gewartet hat, um sich in aller Deutlichkeit zu offenbaren: als Möglichkeit, sich ganz hinzugeben. Dieses Verlangen ist diesem weibischen Homosexuellen angeboren, schon in seiner frühesten Jugend war es bei ihm vorhanden (vgl. Kapitel I über die Jugend: »Mich erfüllte ein wildes Verlangen, mit diesem Glied, das meine ganze Hand ausfüllte, etwas zu machen, und heftig wünschte ich mir, mein Körper sollte eine Öffnung haben, durch die ich das in mich aufnehmen könnte, was ich so heftig begehrte«).

Hier die wenigen Zeilen der Postkarte:

Mein Herr!

Ich habe Ihnen als Einschreiben zwei Briefe geschickt, adressiert an Ihren Verleger, Herrn Charpentier, da ich Ihre Adresse nicht kannte. Ich hoffe, daß beide Briefe angekommen und nicht unterwegs hängengeblieben sind. Da Sie sehr bekannt sind, schicke ich Ihne diese Karte ohne Adresse. Ich hoffe, sie wird ebenfalls ankommen. – Was passieren mußte, ist passiert! Ich bewahre die köstlichste Erinnerung in mir und bin vollkommen glücklich heute morgen, das versichere ich Ihnen. Ich würde es gern in alle Welt hinausschreien. Was keinem geglückt ist, ihm ist es gelungen!

Über tredition

Eigenes Buch veröffentlichen

tredition wurde 2006 in Hamburg gegründet und hat seither mehrere tausend Buchtitel veröffentlicht. Autoren veröffentlichen in wenigen leichten Schritten gedruckte Bücher, e-Books und audio-Books. tredition hat das Ziel, die beste und fairste Veröffentlichungsmöglichkeit für Autoren zu bieten.

tredition wurde mit der Erkenntnis gegründet, dass nur etwa jedes 200. bei Verlagen eingereichte Manuskript veröffentlicht wird. Dabei hat jedes Buch seinen Markt, also seine Leser. tredition sorgt dafür, dass für jedes Buch die Leserschaft auch erreicht wird.

Im einzigartigen Literatur-Netzwerk von tredition bieten zahlreiche Literatur-Partner (das sind Lektoren, Übersetzer, Hörbuchsprecher und Illustratoren) ihre Dienstleistung an, um Manuskripte zu verbessern oder die Vielfalt zu erhöhen. Autoren vereinbaren direkt mit den Literatur-Partnern die Konditionen ihrer Zusammenarbeit und partizipieren gemeinsam am Erfolg des Buches.

Das gesamte Verlagsprogramm von tredition ist bei allen stationären Buchhandlungen und Online-Buchhändlern wie z. B. Amazon erhältlich. e-Books stehen bei den führenden Online-Portalen (z. B. iBookstore von Apple oder Kindle von Amazon) zum Verkauf.

Einfach leicht ein Buch veröffentlichen: **www.tredition.de**

Eigene Buchreihe oder eigenen Verlag gründen

Seit 2009 bietet tredition sein Verlagskonzept auch als sogenanntes "White-Label" an. Das bedeutet, dass andere Unternehmen, Institutionen und Personen risikofrei und unkompliziert selbst zum Herausgeber von Büchern und Buchreihen unter eigener Marke werden können. tredition übernimmt dabei das komplette Herstellungs- und Distributionsrisiko.

Zahlreiche Zeitschriften-, Zeitungs- und Buchverlage, Universitäten, Forschungseinrichtungen u.v.m. nutzen diese Dienstleistung von tredition, um unter eigener Marke ohne Risiko Bücher zu verlegen.

Alle Informationen im Internet: **www.tredition.de/fuer-verlage**

tredition wurde mit mehreren Innovationspreisen ausgezeichnet, u. a. mit dem Webfuture Award und dem Innovationspreis der Buch Digitale.

tredition ist Mitglied im Börsenverein des Deutschen Buchhandels.

Dieses Werk elektronisch lesen

Dieses Werk ist Teil der Gutenberg-DE Edition DVD. Diese enthält das komplette Archiv des Projekt Gutenberg-DE. Die DVD ist im Internet erhältlich auf **http://gutenbergshop.abc.de**

Zeitfracht Medien GmbH
Ferdinand-Jühlke-Straße 7
99095 Erfurt, Deutschland
produktsicherheit@kolibri360.de